비츄 현대 판타지 장편소설
WISHBOOKS MODERN FANTASY STORY

레벨업 어게인
LEVELUP
AGAIN

레벨업 어게인 2
LEVEL UP AGAIN

비츄 현대 판타지 장편소설

초판 1쇄 찍은 날 | 2016년 12월 22일
초판 1쇄 펴낸 날 | 2016년 12월 29일

지은이 | 비츄
펴낸이 | 예경원

기획 | 위시북스
편집책임 | 박우진
편집 | 이즈플러스

펴낸곳 | 예원북스
등록번호 | 제396-2012-000132호
등록일자 | 2012. 7. 25
KFN | 제1-058호

주소 | 경기도 고양시 일산동구 호수로 646-24 위너스21 II빌딩 206A호 (우)10401
전화 | 031-819-9431 팩스 | 031-817-9432
E-mail | yewonbooks@naver.com

ISBN 979-11-5845-302-2 04810
　　　979-11-5845-304-6 (set)

레벨업 어게인
비츄 현대 판타지 장편소설
WISHBOOKS MODERN FANTASY STORY
LEVELUP AGAIN
2
Wish Books

CONTENTS

1장
형아라는 위대한 이름

해안 절벽 몬스터 존에 진입했다. 신희현은 바로 주위를 살펴봤다. 하늘을 중점적으로 봤다.

'다행히 놈은 멀리 떨어져 있네.'

이건 순전히 운이다. 만약 놈이 가까이 있었다면 바로 이 몬스터 존을 탈출해야 했다. 지금 당장은 상대할 수 없으니까.

"따라와."

놈의 위치를 수시로 확인하면서 걸음을 옮겼다.

지금 가려는 스폿은 해안 절벽 입구 쪽에 위치한 바위틈이다. 입구가 상당히 비좁았다. 사람이 겨우 들어가고 나올 수 있을 정도. 호리병 모양의 틈 덕분에 세 명이 전부 들어올

수는 있었으나 그래도 너무 좁았다.

루시아가 말했다.

"주인님, 몸을 좀 움직여 주시면 감사하겠습니다."

"어, 그래."

생각보다 많이 좁았다.

"엘렌, 영체화 상태로 돌아가."

"알겠습니다."

엘렌이 영체화 상태로 변환되어서 여유 공간이 많이 생겼다.

'루시아가…… 생각보다 엄청 글래머네.'

방금은 자리가 너무 좁아서 서로 몸을 딱 붙을 수밖에 없었다. 그때, 루시아의 가슴이 신희현의 몸에 밀착되었었는데 덕분에 루시아의 거대함(?)을 느낄 수 있었다. 군복으로 가려져 있어서 몰랐는데 상당히 글래머였다.

신희현은 어깨를 으쓱했다.

그가 정말로 20대 초반의 열혈 청년이었다면 덮쳤을지도 모를 일이다. 실제로 인간 형태의 소환수 혹은 파트너와 잠자리를 갖는 플레이어는 많았으니까.

플레이보다 섹스에만 몰두했던 놈들도 있었다.

하지만 그는 아니다. 섹스에 미쳐 있는 것도 아니다. 이런 상황이 오면, 오히려 다른 생각이 났다.

'곧 4월 25일이네.'

고개를 저었다. 지금은 감상에 빠져 있을 때가 아니었다.

"주인님, 명령을 내려주십시오."

그래서 명령을 내렸다.

"해안 절벽 상공을 보면 두 종류의 몬스터가 있어."

하나는 식인 까마귀, 다른 하나는 그리폰.

식인 까마귀는 소형 몬스터이고 그리폰은 중형 몬스터로 분류된다.

식인 까마귀의 레벨은 25, 그리폰의 레벨은 38.

물론, 이 레벨은 최소 레벨 기준이다. 개중에는 이 레벨을 넘는 놈들도 있다. 편차는 약 5 정도 된다. 최대 레벨 기준으로 하면 각각 30, 43 정도 된다.

"일반 까마귀보다 덩치가 조금 더 크고 부리가 딱딱하며 눈이 빨간 놈이 식인 까마귀."

그리고.

"개의 몸뚱이에 날개가 달린 저놈이 그리폰."

루시아가 씨익 웃었다.

"죽입니까?"

"그리폰은 건드리지 마. 어차피 우리 힘으로 못 잡아. 제일 낮은 놈이 38이거든."

식인 까마귀는 그 레벨에 비하여 경험치를 많이 주는 몬스

터로 유명하다. 초반 레벨 업에 있어서 매우 훌륭한 사냥감
이다.

하지만 초반에 식인 까마귀를 공략할 수 있는 플레이어는
별로 없다. 왜냐하면 식인 까마귀가 서식하는 이 해안 절벽
에는 레벨 38의 그리폰이 있기 때문이다. 식인 까마귀를 잡
으려 하다가 그리폰에게 발각되면 죽을 수도 있다.

결국 이 해안 절벽을 공략하려면 적어도 레벨 38은 넘어야
한다는 소리다. 안전하게 가려면 43은 넘어야 하는 거고.

신희현은 루시아를 쳐다봤다. 제 몸만큼이나 거대한 라이
플을 저렇게 자유자재로 다루는 소환수는 처음 봤다.

'과거에 강유석과 함께 다닐 때엔 평상복이었고…… 저런
거대한 라이플을 본 적이 없는데.'

아니, 루시아가 실제로 전투에 임하는 걸 본 적도 없다.
강유석은 플레이 시, 대부분의 경우 솔로잉을 지향했었으
니까.

'어쨌든 루시아 덕분에 생각하지도 못한 행운이 얻어걸
렸어.'

식인 까마귀는 레벨 업에 매우 좋지만 잡기 까다롭다. 하
늘을 날아다니는 놈이기 때문에 원거리 딜러가 있어야만 공
략이 가능하다.

지금 그에겐 원거리 딜러 루시아가 있다.

"까마귀들을 잡는다."

"알겠습니다."

그렇게 까마귀 사냥이 시작됐다.

루시아의 공격이 시작됐다.

탕! 탕!

소리와 함께 까마귀의 시체가 하나씩 떨어져 내렸다. 놀랍도록 정확한 실력이었다.

[식인 까마귀를 사냥했습니다.]

[상위 레벨 몬스터를 사냥했습니다.]

[20퍼센트의 추가 경험치가 주어집니다.]

루시아는 호흡을 가다듬으면서 신희현을 쳐다봤다.

레벨 24의 초짜 플레이어. 적어도 레벨만 놓고 보면 초짜가 맞는데, 그렇지가 않다. 자신을 다루는 모습을 보면 이미 이러한 전투를 많이 치러본 베테랑 같았다.

'이분은…….'

뭐랄까.

'멋지다.'

입술을 핥았다. 가슴이 근질거리는 것 같았다.

탕!

소리와 함께 또다시 식인 까마귀 한 마리가 떨어져 내렸다.

[식인 까마귀를 사냥했습니다.]

[상위 레벨 몬스터를 사냥했습니다.]

[20퍼센트의 추가 경험치가 주어집니다.]

그리고 반가운 소리가 들려왔다.

[축하합니다!]

[레벨이 올랐습니다.]

신희현의 레벨이 25로 올랐다. 엘렌이 알기로, 가히 폭발적인 레벨 업 속도였다.

모든 것이 순조롭지는 않았다. 그리폰이 이쪽을 발견한 것 같았다. 이쪽의 정확한 위치를 찾는 듯 하늘을 천천히 선회하던 그리폰이 이내.

컹!

한 번 짖더니 수직으로 떨어져 내렸다.

쿵!

소리와 함께 바위가 떨렸다.

쿵쿵대며 이쪽을 향해 걸어왔다.

신희현은 눈 하나 꿈쩍하지 않았다.

반면, 영체화 상태의 엘렌이 조심스레 물었다.

"괜찮은…… 겁니까?"

"이 스폿은 그리폰이 절대 못 들어오는 지점이거든."

사람은 들어올 수 있지만, 그리폰은 못 들어온다. 그래서 신희현이 이곳을 공략 지점으로 선택한 거다. 과거 수많은 저렙 원거리 딜러가 이곳에서 폭풍 레벨 업을 했었다.

엘렌은 고개를 끄덕였다.

'역시…….'

역시 신희현 플레이어는 보통 강심장을 가진 게 아니었다. 신희현의 얼굴에서 침이 흘러내렸다. 물론, 신희현의 침이 아니다.

컹! 컹!

그리폰이 억울한 듯 짖어댔다. 엘렌은 위를 쳐다봤다. 그리폰의 날카로운 이빨이 보였다. 이빨과 함께 혀도 보였다. 세 사람이 겨우 들어갈 수 있는 이 좁은 바위틈으로 악취가 풍겨 들어왔다.

신희현의 턱 끝에 침이 방울져서 뚝뚝 떨어져 내렸다.

'저 개놈의 악취가 상상 초월이라더니 그 말이 맞네.'

신희현이 직접 이 스폿에 들어온 것은 처음이다.

이론으로만 알고 있었다. 그리폰을 이런 식으로 마주하게 된 것도 처음이다.

냄새가 정말 지독했다. 게다가 침을 어찌나 많이 흘려대는지 마치 수돗물을 틀어놓은 것 같았다.

그러나 신희현은 눈 하나 깜빡하지 않았다. 이보다 더한 꼴도 많이 당했었다.

루시아도 엘렌도 신희현을 모습을 보며 아무런 말도 하지 않았다.

그 두 명이 생각하는 바는 비슷했다. 다만, 이미 익숙해져 있는 엘렌보다 루시아가 더 많이 놀랐다.

'이런 상황에서 저런 침착함이라니.'

그리고 엘렌은 순수하게 감탄만 하지만 루시아는.

'멋진 분이다.'

멋지다고 생각했다.

루시아의 속마음을 아는지 모르는지 신희현이 말했다.

"이대로 3분 정도 대기한다."

3분 정도면 저놈은 포기하고 다시 하늘로 날아오를 거다. 그때부터 다시 까마귀를 잡으면 된다.

그런데 루시아가 고개를 갸웃했다.

"주인님, 왜 이놈을 죽이면 안 되는 겁니까?"

"내 레벨이 25거든."

"상관이 있습니까?"

"내 레벨이 25면 네 능력도 25로 제한돼."

"그건 그렇습니다만, 저는 놈을 죽일 수 있습니다."

신희현은 순간 망치로 머리를 얻어맞은 것 같은 기분이 들었다.

'죽일 수 있다고?'

잠깐.

생각을 해봤다.

'루시아의 진짜 레벨이…….'

능력치는 25의 능력치로 제한이 된다. 그러나 진짜 레벨은 170이 넘는다.

'그렇다면?'

생각하지 못했었다. 레벨 자체가 제한된다고 생각하고 있었으니까.

'레벨 절대 룰에서…… 자유로워질 수 있는 건가?'

알 수 없었다. 시도해 보는 수밖에.

"루시아, 공격을 허가한다."

구체적인 타깃을 지정해 줬다.

레벨 50이 되기 전까지는 아무래도 일일이 지정을 해줘야 하는 것 같았으니까.

"지금 주둥이를 벌리고 있는 이놈."

"총탄을 쏴서 박겠습니다. 영령 스킬 사용 허가를 요청합니다."

신희현이 고개를 끄덕였다. 영령 스킬창이 떠올랐다. 인벤토리와 마찬가지로 신희현에게만 보이는 특수한 창이었다.

현재 루시아가 사용할 수 있는 스킬은 두 가지였다. 설명을 빠르게 훑었다.

'이거면…….'

신희현이 말했다.

"스킬 사용을 허가한다."

루시아의 거대 라이플이 빛나기 시작했다.

신희현은 침을 꿀꺽 삼켰다.

'과연…….'

생각이 제대로 들어맞을까.

레벨 절대 룰에서 벗어날 수 있는 걸까.

만약 성공만 한다면 정말 대박이라고 할 수 있었다.

'제발.'

성공해라.

신희현이 속으로 생각할 무렵, 루시아의 목소리를 통해 알림음이 들려왔다.

[스킬, 더블 샷을 사용합니다.]

2장
공략 시스템 활성화

[스킬, 더블 샷을 사용합니다.]

　루시아의 목소리. 귀에 똑똑히 들렸다. 그리고 탕! 탕! 총성이 터져 나왔다. 한 발씩 쐈을 때에는 미동도 없던 루시아의 어깨가 뒤로 밀렸다. 그 반동이 신희현까지 덮쳤다.

　탕! 탕!

　연속으로 이어지는 총성과 함께.

　크어어어엉!

　그리폰이 울부짖었다.

　괴로운 듯 쿵쿵대며 바위 위를 굴렀다. 아무래도 급소를 공격당한 것 같았다. 입안에 다이렉트로 총알을 꽂아 넣었으니 그럴 만도 했다.

신희현이 두 눈을 끔뻑거렸다.

'공격이…… 먹혔다!'

쿵! 쿵!

바위가 마구 흔들렸다. 무너질 것만 같았다. 그리폰이 위에서 하도 발광을 해서 그렇다.

신희현은 이마를 타고 흘러내린 핏물을 닦아냈다.

'이 정도면 크리티컬 샷이 터졌어도 될 법한데.'

아쉬웠다. 벌린 입안에다 대고 총을 쐈다. 이 정도면 크리티컬 샷이 뜰 법도 했는데 뜨지 않았다.

이내 정신을 차린 그리폰이 다시금 컹! 컹! 요란하게 짖어대며 달려들었다. 미친 듯이 주둥이를 벌리고 안쪽으로 들어오려고 안간힘을 썼다. 어지간히도 분노한 듯했다.

[스킬. 더블 샷을 사용합니다.]

탕! 탕!

다시 한 번, 루시아의 어깨가 뒤로 밀렸다.

이때, 일반 알림음이 들려왔다.

[크리티컬 샷이 적용됩니다.]

크리티컬 샷이 터졌다. 크리티컬 샷에는 크게 두 종류가 있다.

하나는 일반 대미지보다 훨씬 큰 대미지를 주는 대미지형 크리티컬 샷, 그리고 다른 하나는 즉사를 시켜 버리는 사살형 크리티컬 샷.

사실상 두 가지 다 '대미지형'의 연장선이기는 하지만 어쨌든 사람들은 이것을 구분해서 불렀다.

당연한 말이지만 대미지형보다 사살형 크리티컬 샷이 뜰 확률이 훨씬 적었고 사살형 크리티컬 샷을 내기는 매우 어려웠다.

대미지형 크리티컬 샷은 일반 급소를 공략해도 가능하다.

하지만 사살형 크리티컬 샷은 정말로 치명적인 급소를 정확하게 공격해야만 가능하다. 콤보가 늘어나면 늘어날수록 그 확률은 더 높아지고.

'입안에다가 직접 총질을 해댔으니 될 법도 해.'

상위 개체 몬스터를 잡아 20퍼센트의 추가 경험치, 성웅의 증표로 인한 20퍼센트의 추가 경험치, 거기에 소환수 100퍼센트의 공헌도에 따른 추가 경험치 20프로.

도합 160퍼센트의 경험치가 주어졌다.

일반적인 방법으로 잡을 수 없는 상위 레벨의 몬스터다 보니 그 경험치의 절대량도 컸다.

'좋았어.'

정말 황당하게도 레벨 25의 소환사가 레벨 38의 그리폰을 사냥할 수 있었다.

목소리가 들려왔다.

"오빠, 방에 누구 있어?"

"어? 아니, 들어와."

신희아가 방에 들어왔다. 신희아는 고개를 두리번거렸다.

'이상하네. 분명 누군가랑 얘기를 하는 것 같았는데' 하고 고개를 갸웃거렸다.

신희현이 피식 웃었다.

"전화 중이었어."

아니었다. 엘렌과 얘기를 나누던 중이었다. 마침 들어온 신희아를 상대로 레벨 디텍터를 사용해 봤다.

[레벨 ──]

'───'로 표시됐다. 플레이어로 각성하지 않았다는 뜻 이다.

"이상하네. 누군가 옆에 있는 것 같았는데."

당연한 말이지만 현재 신희아의 눈에는 엘렌이 보이지 않는다. 엘렌이 영체화되어 있기 때문이다.

"내 방엔 왜 온 거냐?"

"이번 주 토요일에 큰댁 간대. 할아버지 제사."

신희현은 고개를 끄덕였다. 옛날 같았으면 그런 거 잊고 있었다. 사실상 제사 같은 거 중요하게 생각하는 타입도 아니었고.

그냥 부모님이 가자고 하면 가는 거고 아니면 마는 거고.

그런데 이번에는 잊을 수 없었다. 아니, 잊으면 안 됐다.

"알았어."

토요일이 왔다.

며칠 전, 신희현의 아버지인 신종철은 신희현의 강력한 요구 때문에 어쩔 수 없이 종합 건강검진을 받았다.

어찌 된 영문인지 신희현은 다른 쪽보다도 심장 쪽 정밀 검사를 요구했고 덕분에 돈이 상당히 많이 들었다.

결과는 정상이었다.

"거 봐라. 괜히 돈 낭비할 필요 없다니까."

신희현은 머쓱하게 웃었었다.

"안 아픈 걸 확인했으니 더 좋은 거죠."

검사로는 잡히지 않았다. 신희현은 일단 안도의 한숨을 내쉬고 고개를 끄덕였다. 그러나 그 결과에 수긍한 건 아니었다.

'일단 지금은 건강하시니 됐어.'

차라리 다행이었다. 하지만 안심할 수는 없다. 지금까지의 상황을 보면 과거와 똑같이 흘러가고 있다.

자신이라는 변수가 생겨나기는 했지만 전체적인 것들은 거의 비슷하다. 그렇다면 아버지 역시 옆에 없게 될 거다.

토요일이 왔다. 신희현의 아버지인 신종철이 말했다.

"다들 안전벨트 매라."

신희현은 잠자코 안전벨트를 맸다.

'아부지······.'

원래 그의 거실에는 아무도 없었다.

아버지도 어머니도 동생도. 아무도 없었다.

그는 혼자였었다. 그런데 지금은 이 좁은 승용차에 아버지도 있고, 어머니도 있고, 동생도 있었다.

엘렌이 말했다.

"신희현 플레이어, 표정이 뭔가 복잡해 보입니다."

신희현은 가만히 고개를 저었다. 앞을 쳐다봤다. 예전에 그의 거실에는 아무도 없었지만, 이제는 아닐 거다.

이제 그의 거실에는 가족들이 있을 거다. 그렇게 만들 거다. 신희현은 그렇게 다짐했다. 그렇기 때문에 사촌 동생 신강철의 힘이 필요했다.

큰댁에 도착했다. 신희현은 과거를 떠올렸다.

'미친놈처럼 폴짝폴짝 뛰면서 우리에게 인사할 거다.'

어릴 때 강철이는 이렇게 인사하곤 했었다.

'안뇽하쎄용!'라면서.

이번에도 분명히 똑같을 거다. 그렇게 생각했다.

초인종을 눌렀다. 과거와 똑같이 흘러갈 거라고 믿으면서도 괜히 긴장했다.

신강철이 가장 먼저 뛰어나왔다.

"안뇽하쎄용!"

이름 신강철. 현재 나이는 8살. 초등학교 1학년이다.

신희현과는 나이 차이가 좀 많이 난다. 큰아버지가 오랜 난임 끝에 늦둥이로 낳았기 때문이다. 하여튼 신희현은 신강철을 굉장히 귀여워했다.

"이 개구쟁이 녀석, 잘 지냈냐?"

"엉, 형아도?"

신희현은 피식 웃었다.

그래, 잘 지냈다. 그리고 널 만나러 왔어.

신강철이 말했다.

"형, 그거 알아?"

원래대로라면 '뭔데?' 하고 물어봤어야 했다. 예전에는 그 랬었다.

'이번에는…….'

예전과는 다르게 말했다. 주위를 한 번 둘러봤다. 그리고 일부러 목소리를 낮췄다.

"너 시작의 방 얘기하려고 하는 거지?"

"……응?"

신강철은 오히려 당황했다. 듣지도 않고 어떻게 알아맞힌 단 말인가. 뭐, 뭐지 싶었다.

"거기 헬퍼란 놈이 굉장히 무서웠지?"

신강철의 얼굴이 파랗게 질렸다. 목소리를 아주 작게 했다. 누가 들으면 큰일이라도 나는 것처럼 말이다.

"형, 그런 말 하면 안 돼. 큰일 나."

"큰일?"

"으, 응. 그 사람 엄청 무서운 사람이야. 절대 그렇게 말하 면 안 돼. 내가 비밀을 지켜줄게. 형아 엄청 맞을걸?"

신희현은 아주 잠깐 황당해졌다.

맞는다고……?

……그렇단 말이지?

신희현이 물었다.

"너 아직 각성은 안 했지?"

"응? 응."

신강철은 고개를 끄덕였다.

"잘됐네. 너 그, 옛날에 내가 사준 노란색 장난감 칼 있지?"

"응, 칼싸움 하던 거. 형아 똥꼬 찌르는 거? 오늘은 깜빡했지만."

"그래, 인마. 그거 가져와."

신강철이 자리를 비운 사이, 신희현은 생각에 잠겨야만 했다.

'나는…… 지금 잘하고 있는 거겠지?'

과거와는 다르다. 당시 신희현은 개소리하지 말라면서 신강철의 이마에 꿀밤을 먹였었다.

이후 신강철은 1년 뒤에나 각성을 하게 되는데, 그때 제휴 각성을 하게 된다. 그걸 1년씩이나 앞당겨 버렸다. 그래야만 했다. 아버지를 위해서.

원래 신강철은 1년 뒤에 각성하게 되며 그로부터 또다시 1년 뒤에 '치유의 사제'라는 거창한(?) 별명으로 불리게 된다.

각성 초기, 그는 던전 레이드 혹은 PVP 시에는 별로 큰 능력이 없지만 질병을 치유하는 데 있어서 발군의 능력을 자랑하게 된다.

5년이 더 흐르고 나서는 힐러로서 활동하게 되지만, 어쨌거나 대격변 초기에는 일반인들에게 거의 신처럼 떠받듦을 받게 된다.

'강철이는 일이 잘 풀렸었지.'

신강철은 최용민과 김상묵이 설립한 플레이어 연합 고구려에 속하게 된다. 고구려는 거대 세력이 될 거다. 그 둘은 나름대로 강철이를 잘 보호해 줬다.

신강철은 엄청난 능력을 갖게 되지만 전투 능력은 거의 없었고 나이도 어려서 만만했다. 그에 따라 그를 노리는 사람이 많았다.

'이번에는…….'

이번에는 어떻게 할지 아직 결정 못 했다. 예전처럼 고구려 내에서 보호를 받게 할 것인지.

'아니면 내가 그보다 큰 힘을 쌓은 뒤, 내가 데리고 다니느냐.'

그건 조금 더 나중에 결정하기로 했다.

약 2년 뒤, 아버지가 원인을 알 수 없는 급성 심장마비로 돌아가시게 된다.

하지만 치유 물약을 만들 수 있다면 얘기가 달라진다.

증상별로 조금씩 다르기는 하지만 신강철이 만드는 초기 치유 물약으로 심장마비는 치유가 가능했다.

물론, 심장마비가 일어난 그 즉시 사용해야 한다는 전제가 있기는 했지만 말이다.

"갖고 왔어."

신희현이 말했다.

"시작의 방 활성화. 듀얼 플레이를 요구한다."

명령어는 속으로 생각만 해도 된다. 그러나 일부러 말했다. 초등학교 1학년인 신강철의 눈에는 뭔가 멋있어 보였다.

"우와……."

시작의 방이 활성화됐다. 거기서 신강철은 깜짝 놀라야 했다.

"헬퍼, 이 새끼야. 당장 안 뛰어나와?"

신강철이 신희현의 팔을 꽉 붙잡았다.

"혀, 형! 그, 그러면 안 돼!"

신희현은 인상을 팍 찡그렸다. 헬퍼의 특성상, 그놈은 이 아이를 상당히 막 대한 것 같았다. 약한 자에게는 한없이 강한 놈이니까.

"네가 내 동생 때렸냐?"

신강철은 거의 울기 직전이었다. 완전히 겁먹었다.

-부, 부, 부르셨습니까?

그 말에 신강철은 망부석처럼 굳어버렸다.

뭐지? 지금 내가 잘못 들은 건가. 지금 설마 형이 헬퍼 님한테 이 새끼라고 한 거야? 말도 안 돼.

"내 동생 때렸냐고."

은근슬쩍 루시아도 소환했다. 신강철은 패닉 상태라서 루시아가 나타난 것도 몰랐다.

헬퍼는 루시아의 아름다운 자태(?)를 보며 침을 꿀꺽 삼켰다. 일반적인 침 삼킴과는 약간 다른 의미로 말이다. 루시아가 단도를 핥고 있는데 헬퍼는 진심으로 생명의 위협을 느꼈다.

-그, 그렇지 않습니다. 천부당만부당하신 말씀입니다!

"때렸다는데?"

-아, 아닙니다! 어, 억울합니다!

"이게 죽을라고. 어디서 목소리를 높여?"

루시아가 온화한 목소리로 '그렇다면 죽입니까?'라고 중얼거리는 바람에 헬퍼는 식은땀을 줄줄 흘렸다.

지금 신희현과 신강철에게 모습이 보이지는 않지만 말이다. 땀이 줄줄 흘러서 옷이 전부 젖고 오줌을 싼 것처럼 땀이 뚝뚝 흘러내렸다.

신희현은 안다.

'그래, 억울하겠지.'

헬퍼는 플레이어를 못 때린다. 강철이가 '맞는다'라고 말했던 것은 실제로 맞았다는 게 아니라 잘못하면 맞을 것 같다고 얘기한 거다.

－저, 정말 아닙니다. 저는 절대로 그런 적이 없습니다.

"그래? 강철아, 쟤 말이 사실이야?"

"으, 응. 마, 맞은 적은 없는데……."

"그래도 저놈이 널 엄청 무섭게 했지?"

신강철은 눈치를 봤다. 무섭게 한 거 맞다. 진짜 무서웠다. 그런데 또 그렇게 이르자니 헬퍼의 눈치가 보였다.

신희현은 그걸 알아차렸다.

"겁먹었잖아. 너 비 오는 날 먼지 나게 한번 맞아볼래?"

원래는 욕을 좀 써가면서 조져야 없던 아이템도 만들어서 내뱉는 호구성 가이드인데, 어린 동생 앞이라 욕은 못 썼다.

－저, 정말 억울합니다. 저는 그런 적이 없습니다. 하, 하지만 신강철 플레이어를 겁먹게 한 것은 정말 잘못했습니다. 다시는, 절대로 그러지 않겠습니다. 죄송합니다.

신희현은 분노한 듯 숨을 내뱉었다. 휴우 하고 내뱉는데, 그와 동시에 루시아가 단도를 또 핥는 것이 아닌가. 헬퍼는 움찔 몸을 떨었다.

신희현은 속으로만 씨익 웃었다.

'억울하면.'

억울하면 아이템이나 내놔라. 심보다.

'어디 보자. 헬퍼가 내뱉는 아이템 중에 강철이한테 잘 맞을 법한 게……'

겉으로는 분노한 척했지만 속으로는 별로 분노 안 했다. 강철이가 실제로 맞지 않았으니까.

신강철은 울상을 지었었다. 무서웠었다. 헬퍼한테 엄청나게 혼날 것 같았었다. 처음에는 그랬는데, 이거…… 보니까.

'형아…… 짱이다!'

엄청나게 위대한 형이었던 것 같다. 초등학생 신강철의 눈에는 엄청나게 대단하고 위대한 사람처럼 느껴졌다.

"내 동생한테 사죄하는 의미로 태양의 돌 내놔."

잠자코 듣고 있던 엘렌이 잠시 눈을 감았다.

'어차피 못 주는 거 알고 계신다.'

저 말은 곧, 하나 내놓을 아이템을 두 개 내놓게 할 심산이다.

'빛의 성웅이신데……?'

뭐랄까. 하는 모양새를 보아하니 별로…… 빛의 성웅답지가 않다.

빛의 성웅이 어때야 한다고, 누가 정의를 내린 건 아니지만 적어도 헬퍼를 상대로 아이템을 강탈하는 저 모습은 그다지 빛의 성웅 같지 않다고나 할까.

결국 헬퍼는 가죽 옷 세트를 내놓을 수밖에 없었다. 신희현도 만족했다.

'강철이한테 이 정도면 굉장히 좋지.'

신강철은 충격을 받았다. 헬퍼가 사과를 하고 또 사죄한답시고 아이템까지 줬다. 이제 보니까……

"형, 엄청 세네."

학교에서 무게 잡는, 자칭 일진들보다도 훨씬 강한 형이었었다. 초등학교 1학년인 그의 눈에는 신희현이 마치 엄청난 영웅처럼 보였다.

그때, 신희현에게 알림이 들려왔다.

['성웅'의 조건을 만족했습니다.]

[성웅의 증표에 긍정적인 영향을 끼칩니다.]

신희현은 황당해했다.

'엥?'

성웅의 조건을 만족했단다. 뭔가 하고 생각을 해보니, 아무래도 강철이 때문인 것 같았다.

누군가가 자신을 '성웅' 혹은 '영웅'처럼 인식하면 그것이 곧 성웅의 조건을 만족하는 것이 되는 모양이었다.

'나 지금 성웅 된 거냐?'

헬퍼를 겁박하고 아이템을 뜯어냈는데 성웅의 조건을 만족했단다. '이거 뭐지. 나 성웅 맞는 건가?'라고 생각을 했는데, 엘렌의 황당함은 신희현보다 더 했다.

'……'

엘렌은 딱히 할 말이 없었다. 그녀가 아는 성웅과 뭔가 미묘하게 좀 다른 것 같다는 기분이 들 뿐.

신희현이 피식 웃었다. 뜻하지 않았던 수확까지 있었다. 빛의 성웅의 효과.

'개척'에 관하여 계획을 세워놓기는 했는데, 그 계획 이외에도 수확이 있었던 셈이다.

신희현이 말했다.

"버스 태워줄게."

"……응?"

신강철은 모른다. 고레벨 플레이어가 저레벨 플레이어들을 보다 편하고 빠르고 안전한 방법으로 레벨을 올려주곤 했었는데, 이 행위를 일컬어 '쩔' 혹은 '버스를 태워준다'라고 표현하곤 했다.

"하여튼 좋은 거야."

"응."

일단 신강철을 키우기로 했다.

신희현이 말했다.

"어떻게 하는지 대충 봤지?"

신희현과는 달리, 신강철은 몬스터 사냥에 익숙하지 않았다. 토끼를 잡는 것조차도 매우 힘들어했다. 하지만 여러 번 하다 보니 조금씩 익숙해졌다.

"나중에 레벨이 5가 될 때까지 여기서 토끼만 잡아."

아직 급하지는 않다. 2년 안에 치유 물약을 만들 수 있기만 하면 된다. 시작의 물꼬는 터졌다.

'중간중간 봐주면서 쩔을 해줘야겠어.'

2년 내에 치유 물약을 만들 수 있도록.

'충분히 가능할 거야.'

일단 한 가지 프로젝트는 끝내놓은 셈이다. 이제 다음 프로젝트가 남았다. 남들이 볼 때엔 어떨지 몰라도 적어도 신희현에게 있어서 가장 중요한 프로젝트라고 할 수 있는 프로젝트 말이다.

신희현은 달력을 체크했다. 내일이면.

'4월 25일이다.'

4월 25일.

기다리고 기다리던 날이 왔다.

가슴이 떨려왔다.

'3년 전 같은…… 그런 일은 반복되지 않아.'

반복되지 않게 할 거다. 그때 강민영이 말했었다. 내가 오빠보다 먼저 죽어서 다행이라고. 오빠가 먼저 죽으면 나는 너무 힘들어서 따라 죽었을 거라고 말했었다. 나는 이기적인 여자니까 내가 먼저 죽는 게 다행이라고. 그렇게 말했었다.

"오빠를 1분 1초라도 볼 수 있다는 게 너무 행복해."

그 말을 입에 달고 살던 사람이 죽는 그 순간에는, 자기가 먼저 죽어서 다행이라면서 미래를 살아갈 신희현을 위로했었다.

3년 전, 그러니까 지금을 기점으로 한다면 7년 후. 강민영은 죽는다. 그 당시 그녀는 '불의 법관'이라는 이명으로 불렸다. 그것은 그녀의 클래스와 특수 능력을 상당히 정확하게 표현해 주는 이명이기도 했다.

어쨌든 그녀는 신희현보다도 훨씬 더 유명했고 훨씬 더

강했었다. 더불어 신희현의 애인이기도 했다.

3년 전의 상황이 떠올랐다. '아탄티아 던전'에서 신희현은 강민영을 잃었었다.

'그 개새끼는 반드시 죽인다.'

그때와 상황이 똑같이 흘러간다면 그때의 그놈, 강민영을 사지로 내몬 길잡이 홍경식과 강민영을 죽인 '말터'는 반드시 죽여 버리고 말 거다.

아주 잠깐 분노가 치밀어 올랐지만 이내 마음을 다스렸다.

'그 일은 아직 일어나지도 않았어.'

일어나지 않은 일이다. 충분히 방지할 수 있는 일이고.

'그때랑 똑같이 해야겠지……?'

몸을 풀었다. 시작 퀘스트를 노블레스 등급 클리어로 깰 때만 하더라도 이렇게까지 떨리지는 않았다.

두 머리 황소의 틈바구니에 있을 때도, 큰 뱀을 목 졸라 죽일 때도 이렇게 떨리지는 않았다. 오히려 그때보다 지금이 더 떨렸다.

으슥한 골목길에 들어섰다.

'여기였어.'

그는 분명히 기억하고 있다. 이곳에서 강민영은 한 무리와 맞닥뜨리게 될 거다.

'그땐 참 철이 없었지.'

전역하고 나서 얼마 안 되었을 때다.

뭐랄까, 자신감에 똘똘 뭉쳐 있을 때라고 해야 하나.

무엇보다도 강민영이 그의 눈에 너무나 아름다웠다는 것도 사실이었고.

'그때랑 지금은 달라.'

솔직히 마음속으로 고민했다. 그때처럼 멋있게 등장해서 호구처럼 맞을 것인가, 아니면 지금의 실력대로 놈들을 전부 때려눕혀 버릴 것인가.

과거와 똑같이 흘러가게 내버려 둔다면, 그 과거와 똑같이 민영을 대한다면 예전과 똑같이 자신을 사랑하게 될 거다. 그런데 첫 단추부터 다르게 끼운다면?

'나는 어떻게 해야 하지?'

라고 생각할 무렵,

"씨발, 좆같네. 존나 걸레 같은 년이 어디서 빼고 지랄이야?"

"그러게. 그냥 시발, 여기서 한번 따먹혀 볼래?"

"그럴까? 저년 조개 졸라 맛있을 거 같지 않냐?"

라는 말이 들려왔다.

고민이고 뭐고, 이성을 잃었다.

빠각!

머리가 반응하기 전에 주먹부터 움직였다.

"헉. 규민아, 괜찮아?"

"이 씨발 새끼는 또 어디서 튀어나온 새끼야?"

신희현은 강민영을 봤다. 예전 기억 그대로였다. 피식 웃음이 새어 나왔다.

'저렇게 여리여리한 체구를 하고 있지만.'

원래의 과거와는 상황이 조금 다르게 흘러갔다.

"이 좆같은 새끼는 뭐야!"

신희현이 몸을 숙였다. 아무리 비전투 클래스인 길잡이였다지만 이런 애송이들 상대하는 것쯤은 일도 아니다.

죽음의 공포 같은 거, 느껴보지도 못한 애송이들 아닌가.

"이 좆같은 새끼가!!!"

한 놈이 달려들었다. 신희현은 몸을 일으키면서 팔꿈치로 한 놈의 턱을 가격했다.

빡!

소리와 함께.

"야, 씨발! 괜찮아? 정신 차려!"

한 놈이 제대로 기절했다.

'예전에는 내가 넘어졌었지.'

그리고 무차별로 다구리를 당했었다. 놈들의 숫자는 일곱. 혼자서는 당해낼 수가 없었다. 놀라운 건.

'여기서 민영이가 놈들을 다 제압했었는데.'

피식 웃음이 새어 나왔다. 놈들에게 화가 난 것과는 별개다. 민영이는 스스로를 지킬 충분한 힘이 있었다. 적어도 옷을 입고 싸우는 상대와는 충분히 싸울 수 있었다. 국가 대표를 지망하고 있는 유도 유단자였으니까.

놈들이 방심하고 있는 틈을 타서 3명을 냅다 집어 던졌는데, 그때 경찰이 왔었다.

'그래도 내 여자 앞인데.'

아직은 아니지만.

'가오는 있어야지.'

전처럼 찌질하게 얻어맞는 건 싫다.

"이 개새끼가!"

한 놈이 어설픈 주먹을 휘둘렀다. 신희현의 눈에는 그게 훤히 보였다. 고개를 살짝 옆으로 틀어 피한 뒤 그 팔을 낚아챘다. 그리고 그 반동을 이용해 바닥에 패대기쳤다.

"크헉!"

바닥에 떨어진 놈은 컥컥거리며 기침을 해댔다.

'민영이는 욕하는 남자를 싫어하지.'

그런데 입을 열면 욕이 튀어나올 것 같았다. 조개 어쩌고, 저년 어쩌고 했던 말들이 아직도 잊히지가 않는다.

'씨발 새끼들이 진짜.'

아무리 개념이 없다기로서니.

'불알을 터뜨려 버릴까 보다.'

빠각!

소리와 함께 한 놈의 턱이 돌아갔다.

겉으로 욕을 못 하니 속으로 욕했다.

'터져라, 시팔 놈아!'

한 놈의 가랑이 틈이 보이기에 그곳에 발을 꽂아 넣었다.

퍽! 하고 제삼자가 듣기에 매우 안쓰러운 소리가 났다. 아무래도 뭔가가 터지는 소리였다.

아래에서 위로. 후려 찬 다음 그놈을 들어다가 다른 한 놈에게 집어 던졌다.

7명의 불량배를 정리하는 데 걸린 시간은 불과 5분이 채 걸리지 않았다. 신희현은 거친 숨을 몰아쉬었다.

"헉, 헉."

강민영을 쳐다봤다. 그녀는 여전히 너무나 아름다웠다.

"괜찮아?"

"……희, 희현 오빠?"

신희현은 뒤를 돌아보고 말했다.

"허튼짓했다가는 죽여 버릴라니까 잠자코 엎드려 있어라."

혹시라도 정신 차리고 일어서서 감격적인-신희현의 입장에서만 감격적인- 재회를 방해할 수도 있으니까.

신희현은 강민영을 빤히 쳐다봤다. 눈을 뗄 수가 없었다.

'민영아.'

예전의 민영이 자신을 볼 때와는 달랐다. 그때는 눈에서 꿀이 떨어지는 것 같았었다. 사랑 가득한 눈으로 쳐다봤었다. 당연한 말이지만, 그때와 지금은 다르다.

"오랜만이지?"

"고, 고마워요. 그, 근데 어떻게……."

"너 많이 약해졌다. 어릴 때는 나 패고 그랬잖아."

"제, 제가 언제요!"

"안 하던 존댓말까지 쓰고. 하던 대로 해. 왈가닥 강민영 어디 갔어?"

"그, 그야 엄청 오랜만에 보니까……."

"근데도 날 한눈에 알아봤네. 역시 네 첫사랑이냐?"

강민영의 얼굴이 빨갛게 달아올랐다.

"처, 첫사랑 아니야."

"맞잖아. 아니긴 뭘 아니야."

신희현은 피식 웃었다. 지금은 아마 국가 대표가 되기 위해 열심히 노력하고 있을 거다.

그래서 이 일진인지 양아치인지 하는 것들이 들러붙을 때도 저항하지 않았던 거다. 혹여 선수 생활에 지장이 갈까 봐.

'그걸 생각하면…….'

자신이 얻어맞을 때에 도와줬었다. 자신에게 엄청난 불이

익이 올 수도 있다는 걸 감안하고서 말이다.

'모르겠다.'

모르겠다. 그냥 고마웠다. 살아 있는 것 자체로, 눈앞에 있다는 것 자체로 고마웠다. 인연이 다시 시작되었다.

"뻥 치네. 어릴 때 네가 나 좋아하는 거 동네방네 소문 다 났어."

물론 그런 적 없다. 신희현의 허세다.

다시 만나게 됐어. 고마워.

그 말은 참았다. 몸을 돌렸다.

"내가 오늘은 진짜 엄청 급한 일이 있거든. 일단 먼저 갈게."

쿨하게 헤어질 수 있었다. 이렇게 헤어져도 내일 다시 만나게 될 거니까.

신희현이 급한 일도 없으면서 급한 척 뛰어갔다.

"내일 우리 만나게 될 예정이거든. 그때 번호 딴다. 알겠지? 내일 봐. 까기 없다. 어차피 당연히 주겠지만."

강민영은 아주 잠깐 할 말을 잃었다. 뭐 이리 마이페이스가 다 있나 싶다.

"저기…… 오빠……?"

강민영이 뭐라고 하기도 전에 신희현은 멀리 사라져 버렸다.

뭘까, 저 자신감은.

고개를 갸웃하게 될 정도였다.

신희현이 뛰어간 이유는 별거 아니었다. 강민영을 보니까 눈물이 났다. 그걸 감추려고 뛰어간 거다. 강민영은 전혀 모르고 있지만.

강민영은 신희현의 뒷모습을 쳐다봤다.

'뭘까…….'

5년 만에 봤는데 너무나도 자연스러웠다.

'정말 내일 보게 될까?'

묘한 기대감이 생길 정도였다. 하루가 지났다.

강민영의 번호는 이미 알고 있다. 강민영이 죽은 지 벌써 3년이 지났지만 지금도 외우고 있다.

'어쨌든 공식적으로 내일 번호 따는 거네.'

신희현은 강민영을 안다. 운동을 하는 여자라서 투박할 것 같지만 오히려 더 소녀틱한 감성을 갖고 있다.

저렇게 예쁜 주제에 운동만 열심히 했던지라 모태솔로다. 그래서인지 운명적인 만남이라든가 필연적 만남이라든가, 약간은 낭만적인 것들을 좋아하는 편이기도 했다.

우연이 여러 번 계속되는 것에 대한 묘한 환상 비스무리한 것도 갖고 있었고.

'그리고 내가 짝사랑했었는데.'

사실상 사랑이라고 말하기에는 조금 부족할지는 모르겠지

만 어린 시절, 그러니까 초등학교 시절에 강민영을 좋아하기는 했던 것 같다.

꿈에 나오라고 베개 아래에다가 강민영의 이름을 적은 쪽지를 놓고 자기도 했고 괜히 더 괴롭히기도 했었다.

지금 돌이켜 보면 강민영을 그때부터 좋아했던 것 같다.

신희현이 피식 웃었다.

'원래는 내일 우연히 마주치는 거지만.'

그때는 우연이었다. 다음 날 카페에서 마주쳤었으니까. 물론 상황은 많이 달랐었지만. 그때의 신희현은 온몸이 멍투성이였었다.

'이번에는 우연이 아니야.'

이번에는 우연이 아닐 거다.

하루가 지났다.

그가 기억하고 있는, '12street'이라는 이름을 가진 카페 창가 쪽. 그녀는 거기 앉았다.

미리부터 기다리고 있었던 신희현이 강민영에게 다가가서 말을 걸었다.

"안녕? 거봐, 내가 만날 거라고 했지?"

"어……? 오빠……?"

신희현이 카페 라떼를 건넸다.

"마침 여기 들어와 있었는데…… 보이더라."

"······오빠 여기 계속 있었어요?"

나중에 따라 들어왔으면 스토킹이든 뭐든, 하여튼 다른 거라고 생각이라도 해보겠는데 애초에 이 카페에 먼저 들어와 있지 않은가. 어제 우연히 보고, 오늘 또 보게 됐다.

신희현이 카페 라떼를 건넸다.

"이거 마셔라. 오랜만에 재회한 기념으로 내가 쏜다."

"······응?"

"너 이거 제일 좋아하지?"

신희현은 알고 있다. 그녀는 항상 카페 라떼를 마셨다. 별거 아니라면 별거 아니지만.

"이 카페가 약간 진해. 그래서 샷은 반만 넣었어. 원래 꼬맹이들은 약하게 먹는 거거든. 고맙지?"

"아, 그, 그게······."

"고마우면 얼른 고맙다고 해라."

뭐지, 이 마이페이스는.

강민영은 신희현을 쳐다봤다. 넉살좋게 웃고 있는데 너무나 자기 멋대로이지 않은가. 자기 멋대로인데, 또 하필이면 취향 저격이다.

'내가 이렇게 먹는 거 좋아하는 건 어떻게 알고······. 그냥 우연이겠지······?'

강민영은 항상 샷을 반만 해서 먹었었다.

"……고마워."

신희현은 강민영을 쳐다봤다. 그녀는 오늘도 너무나 예뻤다.

"요즘에도 계속 유도해?"

"……응."

"그럼 어제 걔네 다 때려눕힐 수 있었겠네?"

"그, 그 정도는 아니야."

"번데기 앞에서 주름 잡은 꼴이잖아. 하기야 넌 예전부터 엄청났지. 나를 그렇게 팬 여자는 네가 처음이었으니까."

강민영의 얼굴이 붉어졌다.

"내, 내가 언제 그랬어?"

물론 그런 적 없다. 신희현이 짓궂은 장난을 많이 쳐서 반격을 하곤 했었지만 신희현이 말하는 것처럼 팬 적은 없었다.

"오늘 시간 있지?"

신희현은 안다. 강민영은 오늘 시간이 널널하다. 유일하게 운동을 쉬는 날이기 때문이다.

"으, 응?"

그래서 세게 나갈 수 있었다.

"시간 없으면 만들어."

"그게……."

신희현이 활짝 웃었다.

"데이트하자."

"아, 아니, 그게 그러니까……."

신희현은 일부러 강조했다. 굳이 '운명'이란 단어를 넣었다.

"어제 오늘 이렇게 우연히 연속으로 만난 거면 나름 운명 아냐? 악연이 될지, 필연이 될지, 병원행이 될지는 모르겠지만."

신희현의 미소가 짙어졌다. 신희현과 연애를 하던 때의 강민영도 그랬지만, 지금의 강민영은 그때보다 훨씬 더 순수했다.

그는 봤다. 강민영이 움찔하는 것을. 운명이란 단어에 조금 취약했다. 스무 살의 강민영은 정말로 귀여웠다. 신희현은 저도 모르게 사랑스러움을 가득 담아 강민영을 쳐다보고 말았다.

그러다가 문득 정신을 차렸다.

'아.'

강민영이 음료를 마신다고 고개를 살짝 숙이고 있어서 다행이지 만약 아니었다면 이상하게 생각했을지도 모를 일이다.

신희현이 자기 멋대로 정해버렸다.

"그러니까 오늘은 딱 정한 거다. 데이트하는 날."

"……."

강민영도 딱히 거부하지는 않았다.

신희현은 집으로 들어왔다.

"오빠, 왜 그렇게 방실방실 웃어? 변태 같은 거 알지?"

"시끄러워."

신희현은 신희아의 머리를 한 대 쥐어박고서는 방 안으로 들어갔다. 그런데 오늘은 엘렌이 먼저 말을 걸었다.

"신희현 플레이어, 그쪽에도 대단한 재능이 있다는 것을 저는 오늘 확실히 알게 되었습니다."

"그쪽?"

"강민영이라는 분, 오랜만에 보는…… 거의 처음 뵙는 분 아니었던가요?"

"아…… 그렇지."

"신희현 플레이어는 강민영 씨의 일거수일투족을 아주 오래전부터 지켜봐 왔던 것처럼 느껴지는군요. 그녀를 대하는 방식이…… 굉장히 익숙하며 자연스러웠습니다."

엘렌의 눈으로 보기에는 그랬다. 강민영에게 농담조로 툭

툭 던지는 말들. 언뜻 보면 시비를 거는 것처럼 보이지만 또, 자세히 보면 강민영을 칭찬하는 말이 많았다.

이를테면 '옛날에는 왈가닥에 못생기기만 했는데……'라면서 약을 올리다가도, 갑자기 '많이 예뻐졌다' 하고 말하며 자연스레 강민영의 머리에 손을 얹기도 했다.

강민영은 신희현의 페이스에 완전히 휘말려들어 이러지도 저러지도 못한 채 끌려다녔다.

그런데 엘렌이 보기에 그 '끌려다님'은 상당히 '좋은' 끌려다님이었다.

신희현의 모든 행동은 지극히 자연스러웠으며 강민영을 편안하게 만들어줬다. 누가 보면 몇 년은 사귄, 익숙한 애인인 것처럼 말이다.

"마치…… 오래된 연인 같은 느낌이었습니다."

'물론 신희현 플레이어, 당신만요.'

그 말은 참았다.

"그랬나?"

"예, 마치 시작의 방에서 40콤보를 할 때만큼이나 자연스러운 행동이었습니다. 노블레스 등급의 클리어를 연속 2회나 달성한 대단한 플레이어다웠습니다. 아주 경이로웠습니다. 신기하게도 강민영 씨는 반항하지 않더군요."

신희현은 엘렌이 평소와는 다르게 말이 많은 것 같은 느낌을 받았다. 신희현이 피식 웃었다.

"그 시작의 방, 지금 들어가 볼 거야."

"시작의 방을…… 말입니까?"

수련의 방도 아니고 갑자기 웬 시작의 방이란 말인가.

"앰플러스 네임의 효과가 개척이라면서. 혹시 내가 모르는 사이 변동이 있거나 한 건 아니지?"

"아닙니다. 앰플러스 네임의 효과는 개척이 맞습니다."

"내가 예전에 대충 알겠다고 말했던 거 기억나?"

"예, 기억납니다."

"그거 확인하러 갈 거야."

신희현이 시작의 방을 활성화시켰다. 헬퍼의 목소리가 들려왔다.

—오, 오셨습니까?

신희현이 말했다.

"모습을 드러내."

—저, 저 말입니까?

"그래, 너. 내가 뭔가 중요한 얘기를 할 거거든."

약간 시간이 흘렀다. 아무래도 헬퍼는 신희현 앞에 모습을 드러내는 것이 두려운 듯했다.

—으…….

예전의 그 생생한 고통이 떠올랐다. 무서웠다. 저 플레이어는 아주 무서운 플레이어 아니었던가. 어쨌든 헬퍼가 모습을 드러냈다.

"헬퍼."

"네, 말씀하십시오."

"혹시 내가…… 공략 시스템을 임의로 활성화시킬 수 있는 거냐?"

헬퍼가 두 눈을 크게 떴다.

"……예?"

"공략 시스템, 활성화시킬 수 있느냐고."

"그, 그건 또 어떻게……."

신희현이 씨익 웃었다.

"있어, 없어?"

헬퍼의 반응을 보니 조금 더 알 것 같았다.

"화, 확인해 보겠습니다."

"그래, 지금 당장."

시간이 조금 더 흘렀다. 그사이 엘렌이 질문했다.

"신희현 플레이어, 공략 시스템이라는 것이 무엇입니까? 그것과 앰플러스 네임이…… 관계가 있는 것입니까?"

3장
어서 와. 악어 낚시는 처음이지?

헬퍼가 말했다.

"개척 효과를 확인했습니다. 개척 효과를 활용한 공략 시스템…… 임의 활성화가 가능합니다."

"바로 이용도 가능한 거고?"

"예, 그렇습니다."

신희현이 씨익 웃었다.

'내 생각이 맞았어.'

개척 효과.

말 그대로 '개척'을 하는 능력을 가진 것 같았다. 공략 시스템은 아직 활성화되지 않은 시스템이다. 개척 효과를 가지고 그 시스템을 미리 끌어낸 거다.

'그리고 내 앰플러스 네임은 빛의 성웅이지.'

성웅의 증표도 받았고 앰플러스 네임 역시 빛의 성웅이다.

성웅, 뭐 별거 있겠는가. 성웅이나 영웅이나 거기서 거기라고 생각했다.

'조조나 여포도 영웅이잖아?'

그 누구도 그들을 호구라고 말하지는 않는다. 하지만 영웅이라고는 말한다.

'요점은 사람들의 인식에서 내가 얼마만큼 영웅으로 각인되느냐 이거야.'

그래서 말했다.

"시작 퀘스트 공략법을 공유하겠다."

엘렌이 신희현을 쳐다봤다. 신희현 플레이어가 또 무엇을 꾸미고 있는지 모르겠다. 헬퍼가 되물었다.

"공략법을…… 말입니까?"

헬퍼도 안다. 신희현이 시작 퀘스트를 어떻게 클리어했는지 말이다.

그 기상천외한 방법을 아무런 조건도 없이 공개하겠다고?

"시작의 마을로 빨리 탈출하는 법. 독주머니를 쉽게 얻는 방법. 큰 뱀을 사냥하는 방법."

"……알겠습니다. 공략 시스템은 각 방의 가이드를 통해 타 플레이어와 공유될 수 있음을 미리 공지합니다. 또한 TIP

알림으로 공략 시스템이 활성화가 고지됩니다."

신희현이 한 가지를 덧붙였다.

"공략법을 제공하는 사람의 이름은 본명이 아니어도 되는 거잖아?"

공략을 제공하는 주체를 밝혀야 한다. 그래야 사람들의 인식 속에서 영웅이 될 수 있을 테니까.

헬퍼가 말했다.

"공략 시스템에 등록할 수 있는 이름은 총 세 가지입니다."

그러면서 헬퍼는 신희현의 눈치를 살폈다. 말 안 해도 어차피 알 것 같은 그런 느낌이랄까. 알고 있는데 굳이 설명했다고 혼날 것 같은 불길한 느낌이랄까.

'본명, 이명, 앰플러스 네임.'

현재 등록된 이명은 없다. 본명은 사용하기 곤란하다. 그렇다면.

"빛의…… 성웅으로 등록하겠다."

'조금 오글거리기는 해도 어쩔 수 없지 뭐' 하고 신희현은 어깨를 가볍게 부르르 떨었다.

"빛의 성웅으로 등록하겠습니다."

최용민과 김상목은 헬퍼로부터 이상한 말을 들었다.

─공략 시스템이 활성화되었다.

둘은 헬퍼의 말을 이해할 수 없었다.

공략 시스템이라니. 그런 게 있었나?

그래서 확인해 봤다.

김상목이 두 눈을 끔뻑거렸다.

"이게…… 뭐야?"

독 개구리를 쉽게 사냥하는 법이 텍스트로 수록되어 있었다.

"뭐가 됐든 암컷의 소변? 이왕이면 갓 배출된? 취향 한번 겁나 독특하네."

최용민이 물었다.

"헬퍼 님, 이것은 사실입니까?"

─공략 시스템은 사실로 인정되지 않은 것은 수록하지 않는다.

그 말인즉, 저게 사실이라는 거다. 김상목이 뒤통수를 긁적거렸다.

"헬퍼 님을 협박해서 두꺼운 장갑을 얻어낸 다음 이빨 자라? 여튼 이놈을 잡고 큰 뱀을 잡으면 아주 효과적이라는데요……?"

─…….

헬퍼는 뭔가 위기감을 느끼게 됐다.

저 공략, 뭐 저따위란 말인가.

어쨌든 사실은 사실이다. 신희현도 실제로 헬퍼를 협박하지 않았던가.

김상목이 두 눈을 끔뻑거리면서 천진난만하게 말했다. 헬퍼 당사자에게 헬퍼를 협박하는 방법을 물었다.

"협박하면 되나……? 어떻게 협박하는 거예요?"

헬퍼는 욕하고 싶었다.

'협박? 감히 너희들 따위가 이 몸을 협박? 죽고 싶은 것이냐!'라고 외치고 싶지만 그러지 못했다. 이미 저들의 레벨은 자신을 한껏 넘어서지 않았던가.

─그, 그런 구체적인 방법까지는 알려주지 않는다!

"이상하네. 협박하라고 나와 있는데."

헬퍼는 자신이 겁먹은 것을 감추기 위하여, 호구성을 감추기 위하여 짐짓 근엄한 목소리로 말했다.

─그것은 그냥 표현상의 협박일 뿐. 공략 시스템이 활성화된 이상. 나는 너희에게 자비를 베풀 요량이 있다.

황당하게도 두꺼운 장갑이 허공에서 툭 떨어져 내렸다. 최용민과 김상목이 그걸 집어 들었다. 최용민은 생각에 잠졌다.

'실험은 해보는 것이 좋겠어.'

실험 결과, 놀라웠다. 김상목이 연신 감탄했다.

"우와, 진짜네. 시간을 엄청나게 단축할 수 있어."

"……."

"이 공략은 도대체 누가 만든 거야?"

"빛의 성웅……?"

최용민과 김상목은 그간 호흡을 맞춰왔다. 그들만의 클리어 공략을 만든 것도 사실이다. 그 공략에 신희현이 공유한 공략을 활용하니 시간이 훨씬 단축됐다.

김상목이 신나했다.

"이번에는 진짜로 높은 등급의 클리어를 할 수 있겠는데? 진짜 우리 초고수 되는 거 아냐? 그 왜, 우리가 저번에 최고로 받은 게 C인가 그랬잖아. 그러면 B나 A도 가능할 것 같지 않음?"

"그럴 수도 있겠지."

"A까지는 보상이 중복된다고 했었지?"

퀘스트 클리어 등급 A까지는 중복으로 보상이 주어진다. 그 이상부터는 단 한 차례만 주어진다고 했다.

"그 위에는 뭐 S라든가 SS라든가. 이런 게 있는 건가?"

"그렇겠지."

"그때부터는 상위 등급 클리어 기록이 존재하면, 보상 못 받는다며? 내가 정확하게 기억하고 있는 거야?"

최용민이 고개를 끄덕였다. 김상묵은 기대에 부풀었다.

"어쨌든 이런 공략이 있으면 아주 편하고 더 빠르게 공략이 가능해지겠어. 안 그래도 독 개구리 놈들이 성가셨었는데. 시간도 좀 걸리고. 이 공략, 진짜 짱인데? 이 기세를 몰아서 S등급 클리어해 버리자."

"……."

그런데 최용민이 말했다.

"예전에 그 누군가가…… 178분에 클리어했다고 했었지."

"어…… 맞네."

"이 공략들을 사용한다고 해도 우리가 178분 만에 클리어를 할 수 있을까?"

"우리 레벨이면 가능할 것 같기도 한데…… 모르겠어. 해봐야지. 아, 진짜. 걔 누굴까? 알면 내가 형님으로 모시고 소고기도 사줄 텐데."

최용민은 생각에 잠겼다.

'누군가가 있어. 그 사람이 빛의 성용인가?'

이 공략을 만든 사람은 플레이어다. 그럴 가능성이 높았다.

뭘 위해서? 뭔가 노리는 것이 있는 건가. 그도 아니면 순수한 호의인가.

'형님으로 모시겠습니다, 형님. 어디 계십니까아아아?'라며 실없는 소리만 해대고 있는 김상목과 달리 최용민의 머릿속은 복잡해졌다.

김상목이 계속 중얼거렸다.

"용민아, 그 형님 찾자. 그 형님 찾으면 쩔해 달라고 해야겠다. 안 되면 현질이라도! 아무리 생각해도 이 형은 짱인 거 같아. 빛의 성웅 포에버."

***

같은 시각.

신희현에게 알람이 들려왔다.

['성웅'의 조건을 만족했습니다.]
[성웅의 증표에 긍정적인 영향을 끼칩니다.]

신희현의 예상이 맞았다. 성웅의 증표와 앰플러스 네임과는 밀접한 관련이 있다.

앰플러스 네임 효과를 활용하여 성웅의 조건을 만족시키면 성웅의 증표에도 긍정적인 영향을 끼친다.

현재 성웅의 증표는.

〈성웅의 증표〉

성웅의 길을 스스로 선택한 자에게 주어지는 숙명의 증표

효과:

  ⑴ 솔로 플레잉 시 경험치 20프로 상시 추가 획득

  ⑵ 파티 결성 시, 파티원 전체 경험치 5프로 추가 획득

  ⑶ 영웅급 수호신과의 계약 진행

등의 효과를 가지고 있다.

신희현의 생각대로라면 일정 조건을 만족 시, 이 효과가 증폭될 거다. 지금 긍정적인 영향을 끼쳤다는 알림도 듣고 있고 말이다.

'좋네.'

엘렌이 물었다.

"어떻게 아셨습니까?"

"감이지."

"……."

엘렌은 아무런 말도 하지 못했다. 이제는 더 이상 묻는 것도 포기했다. 대신 다른 걸 물었다.

"그럼 이제 무엇을 하실 생각입니까?"

"일단 레벨을 50까지 올려야 돼."

신희현이 말을 이었다.

"그 와중에 최초의 던전도 클리어해야 될 거고. 공략법을 계속해서 공유해야겠지, 빛의 성웅이라는 이름으로."

"……."

엘렌은 직감했다.

'최상의 방법은 안 알려줄 것 같다.'

레벨을 가장 빠르게 올리는 제일 좋은 방법은 자기만 알고, 두 번째 내지 세 번째로 좋은 방법을 공유할 것 같다.

"요점은 플레이어들이 나, 그러니까 빛의 성웅을 영웅으로 인식하게 하는 거. 그거니깐."

신희현이 씨익 웃었다.

"어쨌거나 일반 플레이어에게는 좋은 공략법이잖아?"

엘렌은 날개를 부르르 떨었다. 신희현의 웃음이 뭔가…… 아주 조금은 야비해 보이는 것 같기도 했다.

신희현이 말했다.

"그럼, 수련의 방으로 들어가 볼까?"

신희현의 현재 레벨은 28.

곧 최초의 던전이 발견될 거다. 아니, 발견할 거다. 그때를 대비해서 레벨을 높여놓는 게 좋았다.

'지금의 내 상황에서 가장 빠르게 레벨 업을 할 수 있는 방법은…….'

원래대로라면 레벨 30이 되었을 때 시작하려고 했던 수련의 방 퀘스트가 있다. 하지만 이젠 루시아가 있다. 더 기다릴 필요 없었다.

수련의 마을은 정중앙에 위치한 수련 신전을 기준으로 동서남북 네 방향의 대로를 따라 길이 쭉 늘어서 있다.

동쪽으로 걸었다. 방어구 상점이 보였다. 방어구 상점의 사장은 산적 느낌의 거대한 덩치였다.

"어서 오십시오."

이름은 마힌.

마힌 공략법도 꽤 쉬웠다.

"부탁해라."

엘렌은 이번에는 놀라지 않았다. 이미 이 플레이어에게 익숙해졌다고나 할까. 그런데 마힌의 얼굴이 시뻘겋게 달아올랐다.

"이 쪼그만 새끼가 뭐라고 지껄이는 거야?"

신희현도 아주 조금 당황했다.

'어라?'

원래대로라면 마힌도 그냥 '부탁해라'라고 말하면 퀘스트를 준다. 당황하기는 했지만 신희현은 이내 그 답을 찾아냈다.

'내 레벨이 지금 너무 낮아서 그런 것 같네.'

아무래도 그럴 가능성이 높았다. 신희현은 시작의 방을 담당하는 교관이었었다. 그렇다 보니 시작의 방만큼, 이곳의 모든 것을 꿰뚫고 있지는 못했다. 원래 개구리 올챙이 적 생각 못 하는 법이다.

수련의 방은 원래 신희현이 경험하던 세상보다는 훨씬 더 저레벨의 세상이었으니까.

쉽게 말해 너무 쪼렙 방이라서 세부 조건들까지는 잘 기억이 안 났다.

"죽고 싶은 거냐? 앙?"

거대한 칼을 들고 씩씩대며 걸어오는데 엘렌이 그런 그를 쳐다봤다. '이번에야말로 파트너로서의 역할을 다해야 할 때다'라고 생각한 순간.

"죽입니까?"

라는 목소리가 들려왔다. 루시아가 소환된 거다. 더 정확히 말하자면 신희현이 루시아를 소환했다.

마힌이 깜짝 놀라 걸음을 멈췄다. 마힌은 침을 꼴깍 삼켰다.

저 여자…… 뭔가, 뭔가 무섭다. 뭔지는 모르겠는데 뭔가 무서웠다. 그는 본능적으로 느꼈다. 저 여자는 건드리면 큰일 나겠구나.

신희현이 말했다.

"아니."

'방'에 있는 사람들을 'NPC'라고 부른다. 저들이 실제 사람인지 아닌지에 대해서는 밝혀진 것이 없다.

다른 세계의 사람이다, 다른 차원의 사람이다, 시스템상 구현된 가상의 인물이다. 이러한 말은 많았지만 하여튼 정확하게 밝혀지는 않았다.

다만, 게임 속 NPC처럼 일정한 행동 양식을 따르는 것은 확실했으며 플레이어가 NPC를 공격하면 시스템상 불이익이 상당히 크다.

루시아가 아쉬운 듯 입맛을 쩝 다셨다. 마힌은 아무런 말도 못 했다. 그 거대한 덩치를 바르르 떨었다.

'마힌의 퀘스트는 받아야 된다.'

마힌의 퀘스트는 30레벨 이하일 때의 경우에 한하며 레벨업 포인트를 2포인트나 준다.

다시 말해, 신희현이 아는 한 제일 빠른 속도로 2레벨 업을 할 수 있다는 소리다.

'2레벨을 올리고 나면 민영이를 데리고 던전에 들어갈 수

있어.'

그리고 또 한 가지. 중요한 아이템을 받을 수 있다.

'미끌미끌 기름도 꼭 챙겨야지.'

마힌은 보상으로 레벨 업 포인트와 함께 '미끌미끌 기름'을 준다. 레벨 업 포인트도 물론 중요하지만 신희현의 계획 속에서 '미끌미끌 기름'은 필수였다.

'레벨을 올리고 와야 하나?'

룰 브레이커나 루시아가 없다는 가정하에 그놈을 잡으려면 레벨이 30은 되어야 한다. 그렇다면 퀘스트를 받는 최소 기준이 30일 가능성이 높았다.

엘렌은 다행이라고 생각했다. NPC가 루시아에게 아무런 말도 하지 못했다. 레벨 차이가 심하게 많이 나기 때문이라는 것을 알아차렸다.

'신희현 플레이어는…… 어떻게 할 생각이지?'

신희현이 씨익 웃었다. 퀘스트를 받는 방법, 그다지 어렵지 않을 것 같았다.

신희현은 답을 찾아냈다.

"루시아, 네가 한번 해봐."

"구체적인 명령이 필요합니다."

"부탁해 봐, 마힌한테. 정중하지 않게."

마힌은 그 커다란 눈으로 신희현을 쳐다봤다. 거대한 칼을 들고 있는 팔이 바르르 떨렸다.

'부, 부탁이라고……?'

원래 부탁이란 건 뭔가 요청할 것이 있는 사람이 다른 사람에게 청하는 것 아니었던가. 이거 정말 부탁이 맞는 건가.

그 비슷한 감정을 엘렌도 느꼈다.

'부탁이라니…….'

부탁을 이렇게 강제로 시키는 사람이 어디 있단 말인가. 심지어 '정중하지 않게'란다. 하여튼 루시아가 대답했다.

"알겠습니다. 명을 따르겠습니다."

그러고서 이렇게 말했다.

"부탁하지 않으면 죽여 버리겠다."

"……예?"

마힌이 두 눈을 끔뻑거렸다.

저 여자, 뭔가 있다. 있어도 엄청 있다. 이거 잘못하다간 죽을 수도 있겠다는 위기감이 온몸을 엄습해 왔다.

거기에 루시아가 한술 더 떴다.

"지금 당장 부탁해라, 목숨이 아깝지 않다면."

그러면서 오른쪽 다리춤에 있던 단도를 혀로 살짝 핥는데 그 모습을 보며 신희현마저도 찔끔 놀랐을 정도다.

"부탁하겠습니다!"

어이없게도 마힌의 퀘스트가 활성화되었다.

[퀘스트: '악어가죽(x3)을 구하라!'가 활성화되었습니다.

[소환사는 소환 영령과 퀘스트를 공유합니다.]

신희현은 고개를 끄덕였다. 역시 예상대로 됐다. 루시아의 조금 더 거친 모습을 보기는 했지만, 하여튼 퀘스트는 성공적으로 받아낼 수 있었다.

'잘만 활용하면 아주 좋겠어.'

루시아의 레벨에 맞는 퀘스트들을 받을 수 있을 거다.

그 퀘스트 중, 자신이 클리어할 수 있을 만한 것들을 추려서 클리어하다 보면 빠른 속도로 레벨 업을 할 수 있을 거다.

'레벨 30이 되면…… 그때부턴 듀얼 플레이다.'

예상보다 훨씬 빨리 계획대로 흘러가고 있다.

수련의 방.

악어 서식지인 '알리게이트'는 늪지대다. 알리게이트를 향해 걸었다.

엘렌이 물었다.

"푸른 악어는 어떻게 잡으실 겁니까?"

"물 밖으로 끌어내야지."

물 안에 있을 때에는 승산이 없다. 승산이 없는 정도가 아니라 그냥 죽는다.

신희현이 엉뚱한 소리를 했다.

"그런 의미에서 오랜만에 토끼를 한번 사냥해 볼까?"

엘렌은 말하고 싶었다. 당신이 주장하는 풋내기 플레이어는 레벨 1부터 지금까지 토끼를 잡아본 적이 단 한 번도 없었다고 말이다. 어딜 봐서 오랜만이란 말인가.

탕!

총성이 터져 나왔다.

토끼를 사냥했다. 당연한 말이지만, 레벨 업에는 거의 영향을 끼치지 않았다.

토끼가 주는 경험치로 인정이 거의 안 되는 수준이니까. 루시아 덕분에 편하게 잡았다. 원거리 딜러가 있으면 이런 게 편했다.

[토끼를 사냥했습니다.]

[토끼 고기를 획득했습니다.]

같은 방법으로 토끼 고기를 약 20개가량 획득했다.

알리게이트에 도착했다. 알리게이트는 던전이 아니다. 플레이어의 수련을 돕는 '방'에 있는 몬스터 존이다. '방'임에도 불구하고 약간은 위험한 곳이다.

방들 중에 두 번째로 높은 사망률을 기록했던 곳.

아니나 다를까. 알림음이 들려왔다.

[위험 지역 '알리게이트'에 입장합니다.]

[현재 플레이어의 레벨에 비하여 지나치게 난이도가 높은 지역입니다.]

그건 알고 있다. 알리게이트 내에 서식하는 푸른 악어는 원래 물속에 숨어 있는 몬스터다.

물속에 숨어 있다가 갑자기 덮친다. 그걸 몰랐던 초창기에 꽤 많은 초짜 플레이어가 죽었다. 그저 어딘가에 위험한 몬스터가 있겠거니 하고 물가를 지나다가 봉변을 당한 거다.

물 안에서 일단 물리면 답이 없다. 물 밑으로 빨려 들어가 잡아먹히든지 익사하든지. 하여튼 물속으로 빨려 들어가면 플레이어의 힘으로는 이길 수가 없다.

"루시아, 단도 줘봐."

손가락을 칼로 그었다. 상처를 제법 깊게 냈다. 손가락을 그은 것치고는 상당히 많은 양의 피가 뚝뚝 흘러내렸다. 그것을 토끼 고기에 묻혔다.

루시아가 말했다.

"피가 필요하다면 제게 말씀하셔도 됩니다."

"응?"

"주인님은 저의 지휘관입니다. 제가 피를 볼지언정 주인님은 피를 흘리면 안 되지 않겠습니까?"

'어, 그런가' 하고 신희현은 피식 웃었다. 그러고서 말했다.

"네 말도 맞긴 한데, 너는 총이나 잘 쏴라. 손가락이든 어디든 다치면 쏘기 불편하잖아."

"……."

"하여튼 이게 제일 효율적인 방법이야."

루시아는 그 말에 대답하지는 못했다. 하지만 엘렌은 봤다. 루시아의 눈빛이 미묘하게 빛나고 있었다는 걸.

루시아가 바위 위에 라이플을 얹었다. 사격 자세를 취했다.

"명령만 내려주시면 모두 쓸어버리겠습니다."

그리고 한마디 더 했다.

"주인님은 강하고 멋진 분입니다."

엘렌은 루시아를 쳐다보기만 했다.

'뭔가 감동받은 것 같은 느낌이다.'

뭐랄까, 더욱 열정적이 된 것 같은 그런 느낌이랄까.

신희현이 낡은 올가미를 꺼냈다. 피를 묻힌 토끼 고기를 묶고서 물 쪽으로 던졌다.

엘렌이 고개를 끄덕였다.

"이렇게 끌어내는 것이군요."

신희현이 피식 웃고 말했다.

"어서 와. 악어 낚시는 처음이지?"

4장
전리품이 겨우 이것뿐이냐?

엘렌이 말했다.

"붉은 악어는 조심하고 있겠습니다."

"그래."

신희현은 피 묻은 토끼 고기를 가지고 악어들을 살살 유인하면서 대충 대답했다.

이곳에 오기 전에 엘렌과 루시아에게 미리 언질을 줬다. 만에 하나라도 푸른 악어들 틈에 붉은 악어가 있으면 뒤도 돌아보지 말고 일단 도망치라고 말이다.

붉은 악어는 푸른 악어의 변종 같은 놈이다. 정확하게 언제 출몰한다고 알려져 있는 건 없었지만, 대략 통계상으로 약 10퍼센트 정도. 그러니까 10번 사냥을 가면 1번 정도는 모습을 드러내는 변종 몬스터다.

물뿐만 아니라, 육지에서도 푸른 악어보다 훨씬 더 빨라서 굉장히 위험한 놈이다. 보고된 최소 레벨이 약 60 정도 된다.

제아무리 레벨 170이 넘는 루시아가 있다 하더라도 상대할 수 없다. 공격이야 가능하겠지만 지금 루시아의 능력치는 레벨 30도 안 되니까.

신희현이 말했다.

"루시아는 공격을 맡고, 엘렌은 붉은 놈이 나타나는지만 열심히 관찰해."

사실상 '10퍼센트의 위험'은 위험이라고 보기 어려웠다. 적어도 길잡이였던 신희현에게는 그랬다.

늘 10퍼센트 이상의 위험을 헤쳐 나왔었다. 반드시 두 가지 길 중 하나를 선택해야 하는데, 그 두 길마저도 안전하지 않은 길이 많았다.

'10퍼센트면 그냥 안전한 거지.'

설사 나온다 하더라도 도망치면 된다. 다시 한 번 거리를 가늠했다.

'이 정도 거리면…….'

사냥에도 충분한 거리고, 만에 하나 붉은 악어가 나타난다고 해도 도망치기에 충분한 거리다. 모든 준비는 다 됐다. 낚시만 잘하면 된다.

엘렌이 적당한 높이에서 날면서 물가를 계속 관찰했다. 신희현의 낚시질(?)에 푸른 악어 한 마리가 기어 나왔다.

탕!

거대한 총성과 함께 푸른 악어의 눈알이 터져 나갔다. 푸른 악어가 몸부림을 쳤다.

어찌나 몸을 세게 뒤트는지 미처 다 빠져나오지 못한 꼬리가 물보라를 거세게 피워 올렸다.

[스킬, 더블 샷을 사용합니다.]

탕! 탕!

루시아가 쉴 새 없이 총을 쏴댔다. 지금 상대하고 있는 놈의 레벨은 대충 30 정도 되는 것 같았다.

급소인 머리를 노려서 계속 공격했으나 사살형 크리티컬 샷은 쉽사리 터지지 않았다.

'좋았어.'

올가미를 살살 움직여 가면서 놈을 끌어냈다.

"루시아, 너무 빨리 죽이면 안 돼. 최대한 내 쪽에 가까운 상태에서 죽여."

"알겠습니다."

너무 물가 쪽에서 놈이 죽으면 안 된다. 악어가죽을 얻어야 한다. 아이템 습득을 하려면 최대한 이쪽에 가까이 온 상태에서 죽여야 했다.

그런데 엘렌이 말했다.

"신희현 플레이어! 붉은 악어가 보입니다."

신희현이 벌떡 일어섰다. 이럴 때의 매뉴얼은 하나다. 망설여서 득 될 게 하나도 없다.

"루시아, 그놈 포기하고 뛰어."

그냥 도망치는 게 낫다. 이번 경우는 운이 나빴을 뿐이다. 엘렌이야 하늘을 날면 되니까 그렇다 치고.

신희현은 뒤도 안 돌아보고 달아나기 시작했다. 루시아도 무기 로딩을 취소한 상태로 달렸다.

'아씨, 아깝네.'

한 마리 잡을 수 있었는데. 왜 하필이면 이 순간에 붉은 악어가 나타나느냔 말이다. 10프로의 확률로 등장한다 하면, 90프로의 확률로 안 나타나는 것 아니겠는가.

엘렌이 하늘에서 소리쳤다.

"붉은 악어의 속도가 지나치게 빠릅니다."

신희현은 계속해서 달렸다. 계산대로라면 붉은 악어가 빨라도 상관없다. 도망치기에는 충분할 거다. 마음이 그렇게 급하지는 않았다.

'몬스터 존만 벗어나면 돼.'

몬스터 존, 알리게이트 이상으로는 안 쫓아올 테니까.

저만치 뒤 붉은 악어가 네 발을 쿵쾅대면서 쫓아왔다. 흉폭한 발걸음을 옮기며 푸른 악어에게는 없는 기다란 혀를 날름거렸다.

신희현의 마음이 급해졌다.

'왜 저렇게 빠르지? 내가 아는 붉은 악어보다 훨씬 빠르잖아.'

뭔가 조금 이상했다. 그의 기억에 있어서 붉은 악어는 이렇게까지 빠르지 않았었다. 과거와 약간 다른 것 같은 느낌을 받았다. 아니, 달랐다. 분명히 달랐다.

"젠장."

신희현은 달리는 와중에 그간 잡아났던 토끼 고기에 대충 피를 묻혀 전부 던져 버렸다.

여차하면 루시아를 희생시킬 생각까지도 했다.

루시아는 소환 영령이고 죽어도 재소환할 수 있다.

물론 그사이에 레벨 30의 능력치밖에 가지지 못한 루시아는 씹어 먹히겠지만.

'아니, 그건 아직이야.'

그건 정말로 최후의 수단이다. 소환 영령은 인격을 가지고 있다. 이러한 명령 이후에, 충성도에 큰 영향을 끼치게 될 거다. 소환 영령이 역소환당하고 난 뒤 페널티도 있을 거고.

'딱 몇 초면 된다.'

몇 초 정도만 시간을 벌면 충분했다.

다행히 붉은 악어는 한꺼번에 던져진 토끼 고기에 반응했다. 토끼 고기를 집어삼키는 그 속도 역시 굉장히 빨랐다. 눈앞에 몬스터 존 경계가 보였다.

'됐다.'

다행이었다. 알림음이 들려왔다.

[몬스터 존, 알리게이트를 벗어나시겠습니까?]

알리게이트를 벗어났다. 신희현의 표정이 조금 어두워졌다.

'뭔가 조금 달라졌다.'

어쩌면 기억이 잘못되었을 수도 있다. 기억 속 붉은 악어가 원래의 붉은 악어보다 약하게 기억되고 있었다든가.

'아니, 전과는 분명 달랐어.'

똑같지 않았다. 현재까지는 거의 모든 상황이 과거와 똑같이 흘러갔었다. 이 상황이 뭘까 싶었다.

루시아가 말했다.

"주인님, 표정이 어둡습니다."

엘렌도 신희현을 쳐다봤다. 신희현의 태도가 조금 달랐다.

신희현이 어깨를 살짝 으쓱했다.

"별거 아냐."

변화가 있었다. 기억의 오류든 뭐든, 그런 건 중요한 게 아니었다. 그의 목표는 'HAN'을 얻는 거다. 최후의 보상. 'HAN'에 모든 답이 있을 거라고 생각하고 있으니까. 그 과정이 모두 자신의 뜻대로 될 거라고도 생각하지 않는다.

'반드시 난 HAN을 얻는다.'

조바심만 내는 것도 아니다. 10년이다. 숨 돌릴 틈도 없이 마구 달리기에는 긴 시간.

HAN을 얻는 과정을 충분히 즐길 준비도 되어 있다. 가족들도 잃지 않을 거고, 강민영도 죽게 내버려 두지 않을 거다.

붉은 악어가 예전과 다른 것은 잊지는 않되, 거기에만 너무 몰두해서는 안 됐다.

"일단 방을 벗어날 거야."

방을 벗어난 다음 다시 들어오면 아마도 붉은 악어는 없을 거다. 확률상 붉은 악어가 두 번 연속 출몰하는 건 거의 희박했으니까.

'시간이 조금 애매하겠네.'

신희현은 잠시 침대에 누웠다. 루시아의 소환 유지 시간이 아무래도 조금 부족할 것 같았다. 악어를 잡고 또 마힌에게 돌아가 마힌 협박용(?)으로도 루시아를 써야 하니까.

차라리 역소환을 한 뒤, 쿨타임 이후 다시 소환하는 게 나을 것 같았다.

그사이 잠시 휴식을 취하면서 신희현은 머릿속으로 앞으로의 계획들을 정리했다.

'미끌미끌 기름을 받고 정봉강을 만난다.'

HAN을 얻기 위해서 할 일들을 쭉 떠올리고 정리해 봤다.

'그리고…… 최초의 던전.'

눈을 떴다. 변수는 있을 수 있다. 하지만 그 변수 때문에 포기할 수는 없었다. 아무것도 모르는 상태에서도 결국 최후의 던전까지 가지 않았던가.

시간이 조금 더 흘렀다. 자리에서 일어섰다. 수련의 방에 다시 들어왔다. 아까의 과정을 똑같이 반복했다. 토끼 고기를 더 넉넉하게 챙겼다. 그리고 악어가죽을 3개 챙길 수 있었다. 거기에 레벨 업도 한 번 했다.

마힌에게 악어가죽을 건네줬다. 거대한 덩치 마힌은 루시아의 눈치를 살피면서 쭈뼛쭈뼛 말했다.

"……제 부탁을 들어주셔서 감사합니다."

알림이 들려왔다.

[퀘스트: '악어가죽(x3)을 구하라!'가 클리어되었습니다.

[레벨 업 포인트 2개가 보상으로 주어집니다.]

['미끌미끌 기름'이 보상으로 주어집니다.]

그런데 루시아의 표정이 조금 안 좋았다. 루시아가 낮은 목소리로 말했다.

"우리는 목숨을 걸었다. 그런데 전리품이 겨우 이것뿐이냐?"

······응?

신희현은 황당해져서 루시아를 쳐다봤다. 목숨을 걸었단다. 거짓말은 아니었다. 어쨌거나 위험했던 건 맞았으니까.

루시아가 단도를 슬쩍 핥았다. 마힌의 어깨가 바르르 떨렸다.

"······네?"

마힌은 울고 싶었다.

'당신이 부탁하라고 강요했잖아.'

부탁하라고 강요한 주제에 이제는 전리품이 이것밖에 없냐면서 구박을 하고 있다.

"그, 그것이······."

'아니, 누가 목숨 걸라고 했냐고. 나는 가만히 있었는데 찾아와 부탁하라며 강요한 게 누군데!'라고 마힌은 속으로만 외쳤다.

신희현은 황당해졌다.

'나쁜 건 빨리 배운다더니.'

심지어 루시아는 단도를 핥으면서 협박 중이다. 쌍욕을 하면서 협박하는 것보다 더 무섭다. 신희현마저도 찔끔 놀랄 정도니 말 다했다.

신희현이 루시아를 제지했다.

"루시아, 됐어. 그만해."

"알겠습니다."

주민과 척져서 좋을 게 없다. 더더군다나 이곳은 수련의 방이다. 민영이를 데리고 들어와야 하는 곳이고.

'방'의 주민들은 각자의 커뮤니티를 가지고 있다. 한 주민에게 나쁜 모습을 보이면 다른 주민들도 플레이어를 적대하는 경향이 있다.

지나친 협박은 별로 좋지 않다. 신희현은 항상 줄다리기를 한다. 경험에 의거한 줄다리기. NPC들이 수긍하는 딱 그 선까지만 협박(?)을 한다. 루시아의 경우는 의욕이 앞선 나머지 약간 오버한 경향이 있다. 적어도 신희현이 생각하기에는 그랬다.

"아, 아닙니다! 당연히 제가 뭐라도 더 드려야지요!"

"괜찮습니다."

네가 주는 건 어차피 쪼렙용이잖아.

신희현은 말하고 싶었지만 참았다. 겨우 수련의 방이다. 던전도 등장하지 않았다. 여기서 받는 아이템, 그것도 이렇게 급작스럽게 강탈하는 아이템은 별로 쓸모없다.

눈치를 보아하니 손에 들고 있는 칼을 줄 생각인데 저건 있어봐야 도움도 안 된다. 팔아봤자 몇 코인-이 시스템의 화폐 단위- 되지도 않을 것 같고.

'차라리 친밀도나 높여놓을까.'

그래서 말했다.

"제 소환수가 조금 무례했군요."

그리고 뒤돌아서 살짝 윙크했다.

"루시아, 이분께 사과드려라. 너무 무례했어."

루시아는 정확하게 이해하지는 못했지만 어쨌든 일단 수긍은 했다.

"내가 너무 무례했다. 사과하겠다. 네 선물은 고맙게 받겠다."

마힌은 감격했다. 저 무시무시한 여자로부터 구해준 이 남자. 뭔가, 뭔가 멋있다.

사실 따지고 보면, 루시아는 신희현의 수족이다. 루시아가 이런 행동을 하면 신희현에게 반감을 가져야 정상이다.

하지만 마힌은 거기까지는 생각 못 했다. 그냥 눈앞의 이 남자가 구세주처럼 보였다. 거기까지 생각하기에는 당장 눈앞의 루시아가 너무 무서웠다.

거대한 덩치를 슬금슬금 움직여-제 딴에는 조심스럽게 움직인다고 움직인 것 같은데 실제로 보면 엄청 꿈틀거렸다- 신희현의 뒤에 숨었다.

논리적으로는 말이 안 되지만, 마힌은 신희현을 생명의 은인처럼 느꼈다. 예상하지 못했던 알림음도 들려왔다.

['성웅'의 조건을 만족했습니다.]
[성웅의 증표에 긍정적인 영향을 끼칩니다.]

'응……?'

뭐지.

신희현은 고개를 갸웃했다. 루시아를 통해 주민을 협박했다.

'플레이어뿐만 아니라 NPC에게도 적용이 된다는 건가? 아니, 솔직히 이건 아니잖아.'

결론을 내릴 수 있었다.

'사실관계와는 전혀 상관없이, 플레이어 혹은 주민들의 생각에 따라 결정이 되는 거다. 멍청이 마힌은 그냥 단편적인 내 모습만 본 거고.'

좀 미안하기까지 했다. 마힌의 멍청함 덕분에 조금 더 확신을 갖게 됐다. 레벨 업 포인트도 사용했다.

[레벨이 올랐습니다.]
[레벨이 올랐습니다.]

마힌의 퀘스트로 인하여 더 확실해졌다. 이제 한 번의 실험이 남았다. 곧 최초의 던전이 생성된다.

'미끌미끌 기름도 있고. 낡은 올가미는⋯⋯.'

살펴보니 두어 번 정도는 더 사용할 수 있을 것 같았다.

'좋았어.'

'여기인가.'

신희현은 한 낡은 전당포를 찾았다.

'최익현이 사업을 하고 있던 곳이.'

낡은 전당포. 볼품없고 좁은 곳이다.

요즘은 전당포를 찾는 사람도 별로 없다. 겉으로 보기에는 그랬다.

"최익현 씨를 보러 왔습니다."

안내를 받을 수 있었다. 미로 같은 복도를 지났다. 그 와중에 자물쇠를 세 번이나 열어야만 했다. 중간중간 CCTV들도 있었다.

이윽고 도착한 어두운 방.

어둡기도 하거니와 얇은 천 같은 것으로 공간이 분리되어 있어서 상대편의 얼굴이 보이지 않았다.

"어떤 분 소개로 오셨습니까?"

분명했다. 최익현의 목소리였다.

"그건 말씀드릴 수 없습니다."

'예전의 당신으로부터, 아니, 미래의 당신에게 소개를 받고 왔는데'라고 말을 할 수는 없지 않은가.

"그렇다면 의뢰를 받아들일 수 없습니다."

"황금을 좀 처분해 주시면 좋겠는데요."

"……."

시간이 조금 흘렀다.

"물건부터 확인하죠."

신희현이 가방에서 5kg 정도 되는 황금 덩어리를 꺼냈다. 신희현을 안내한 사람의 눈이 휘둥그레졌다.

'저, 저게 정말 황금이라면…….'

침을 꿀꺽 삼켰다. 이곳에서 황금을 처분하면 1kg에 약 4,500만 원 정도다. 저것만 해도 벌써 1억을 훌쩍 넘어간다.

"시간이 조금 필요합니다."

"그거 맡겨두고 가죠. 내일 다시 찾아오겠습니다."

장막 건너편에서는 아무런 대답도 들려오지 않았다. 다만, 안내를 했던 남자는 신희현을 다시 봤다.

'젊은 남자 같은데…….'

황금 5kg을 어떻게 처음 와보는 곳에 그냥 맡기고 가버린단 말인가.

어디 재벌가의 자제인가 하고 재벌가 자제들의 얼굴을 떠올려 봤지만 인상착의가 일치하는 사람은 없었다.

'5kg를 그냥 던져 놓고 가다니, 엄청난 배포다.'

보통 배포가 아니라고 생각했다. 물론 오해다.

'최익현이 가장 안전해.'

일처리도 좋고 꼬리를 남기지 않을 거다. 게다가 이쪽의 신상도 철저하게 보호해 줄 거고. 그게 최익현이 성공 가도를 달릴 수 있도록 만들어준 철칙이었다.

다음 날.

신희현은 현금으로만 약 2억 원을 수령할 수 있었다.

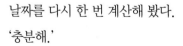

날짜를 다시 한 번 계산해 봤다.

'충분해.'

강민영은 신희현이 사랑하는 여자이기도 했지만, 또 신희현이 HAN을 얻는 데에 없어서는 안 될, 세상에서 가장 믿음직한 우군이기도 했다.

　　최초의 던전에도 함께 입성할 거다. 그게 5월 7일이다.

　　'민영이를 각성시키고.'

　　그 전까지 강민영을 각성시키고 육성할 거다. 최초 던전 발견 보상은 강민영이 가져야만 하니까.

　　'물밑 작업을 시작해야지.'

　　예전과는 많이 다를 거다.

　　예전에는 그날, 그러니까 커피숍에서 본 날 이후로 죽자고 쫓아다녔다.

　　좋아한다고. 한눈에 반했다고.

　　지금 생각해 보면 어떻게 그럴 수 있었는지 스스로도 이해하지 못할 정도였지만. 하지만 지금은 다르다. 돈 없고 철없던 20대 초반의 그 신희현이 아니다. 서초구의 한 벤츠 매장에 들렀다.

　　'너무 삐까뻔쩍한 건 오히려 역효과야.'

　　민영의 성격을 알고 있다. 너무 부담스럽게 다가가면 안 된다. 그래서 서민적으로(?) 가기로 했다. 저번에 계약을 걸어놨다. 찾아오기만 하면 된다.

　　'음, 이 정도면 부담스럽지 않고 무난하지.'

신희현의 나이는 이제 24살이다. 좀 격 떨어지기는 하지만 (?) 이 정도면 괜찮을 것 같았다. 딜러가 말했다.

"AMG는 처음이신가요?"

"아니요."

예전에 이것저것 많이 몰아봤다. C부터 시작해서 S. SLK 와 SL까지도.

다 몰아봤다. 대격변 이후, 인류의 생활은 많이 바뀌게 된다. 대격변 때 많은 사람이 죽지만, 또 그 이후 약 4, 5년 정도는 풍요로움의 기간이 지속된다.

신희현도 그때 그 풍요로움을 일선에서 경험했던 세대다. 아니, 경험 정도가 아니라 만끽했던 플레이어였다.

신희현은 생각했다.

'뭐, 막내 모델이니까. 허접해도 대충 타고 다닐 수는 있겠어.'

딜러는 생각했다.

'저 나이에 이런 차라고……? 엄청난 금수저다!'

이런 손님은 모셔 받들어야 한다. 무조건 잡아야만 하는 손님이라는 소리다.

지금은 겨우 막내 모델인 CLA45 AMG, 약 7,000만 원의 저렴한(?) 모델을 구입하지만 얼마 지나지 않아 훨씬 비싼 모델들을 선택할 것이 뻔했으니까.

'나중에 훨씬 더 좋은 AMG를 타실 거니까……!'

딜러는 그렇게 생각했다. 표정이 비굴해졌다.

"헤헤, 정말 탁월한 선택이십니다. AMG를 선택한 것에 결코 후회는 없으실 겁니다. 아주 잘나가거든요."

신희현은 다르게 생각했다.

'민영이를 꼬시고 난 다음에는 그냥저냥 포르쉐로 넘어가야지.'

포르쉐도 신희현이 원하는 감성은 아니었지만. 어쨌든 전에 계약도 걸어놨겠다, 보험도 다 처리해 놨겠다 그냥 가져가기로 했다.

"설명은 됐습니다."

"알겠습니다. 뭐 또 필요한 거 있으시면 연락 주십시오! 만사를 제치고 해결하겠습니다!"

벤츠 전시장을 나섰다. 차에 앉아보니 아주 흡족한 건 아니었다.

'차가 좀 후지긴 했네.'

예전에 탔던 차들에 비하면 나쁜 게 사실이다. 크게 마음에 들지는 않았다.

'이 버스 정류장이었지.'

예전에는 민영이를 여기서 만났다. 둘 다 버스를 타기 위해 기다렸었다. 민영은 친구들과 여기서 함께 버스를 기다리고 있었다.

버스 정류장이 가까워졌다. 창문을 내렸다.

"민영아."

강민영도 신희현을 발견했다.

"어…… 오빠?"

학생들도 신희현을 쳐다봤다. 그들은 이제 겨우 20살이다. 차에 대해서 잘 아는 학생은 별로 없었다. 그저 평소에 못 보던 차고 벤츠인 데다가 배기음도 으르렁거리니 뭔가 엄청 있어 보인다고 생각했다.

"어. 야, 민영아. 누구야?"

조용하게 쑥덕거리기도 했다.

"이거 벤츠 아냐?"

"그런 거 같은데?"

"와, 대박이다…….."

신희현이 어깨를 으쓱하고서 말했다.

"데리러 왔어. 타."

신희현이 속으로만 말했다.

너 이런 거에 로망 있는 거 오빠가 다 안다.

피식 웃었다.

차는 상관없다. 남자 친구가 '박력 터지게' 에스코트하는 것. 이게 중요했다. 벤츠는 그냥 신희현의 아이템일 뿐이고.

그리고 신희현은 그 로망을 이뤄주고 있는 거다.

민영이 뭘 좋아하는지 이미 다 알고 있는 상태다. 영체화 상태의 엘렌은 저도 모르게 고개를 저었다.

'정말 다방면에 능통하시군요'라고 말하고 싶었다. 보아하니 저 강민영이라는 여자는 지금 굉장히 수줍어하고 있다. 전혀 기분 나쁘지 않은 듯 보였다.

'왜 저 여자에게 저렇게까지 하시는 거지?'

그때까지만 해도 엘렌은 이유를 알 수 없었다. 그녀는 '불의 법관'을 단 한 번도 보지 못했었으니까.

신희현이 차문을 열고 내렸다. 강민영의 손목을 반강제적으로 잡았다. 그리고 조수석 문을 열고 우겨넣듯 강민영을 태워 버렸다.

신희현은 안다. 만약 강민영이 자신의 행동을 싫어했으면 자신의 손목을 꺾어버렸을 거다.

신희현이 학생들에게 말했다. 일부러 박력 있는 척 얘기했다.

"민영이 좀 데려갑니다."

차 안에 앉은, 강민영의 얼굴이 빨갛게 달아올랐다. 뭐랄까, 심장이 두근거리는 것 같았다.

이 오빠, 뭔가 박력 있었다.

5장
F급 던전

신희현은 강민영과 오래 만났다. 강민영이 죽기 전까지 약 7년을 같이했다.

평범한 세상에서 일상적인 사랑을 한 것도 아니었다.

보통 말한다. 힘든 일을 함께 겪으면 그만큼 유대감이 생긴다고.

신희현과 강민영은 힘든 일 정도가 아니라, 정말로 목숨을 걸고 많은 일을 겪었다. 함께 던전에 들어갈 때면 내일을 기약할 수 없었다.

그만큼 열렬히 사랑했었다. 그리고 그만큼 강민영에 대해 잘 안다. 다시 말하자면 '강민영 맞춤형 공략집'이 있는 셈이다.

"내가 조금 무례했지?"

'너 이런 거에 로망 있는 거 오빠가 다 알아. 여기서 내가 무례했다면서 미안한 듯한, 섬세한 남자인 척하는 표정 조금 보여주면 금상첨화지'라는 말은 삼켰다.

"아, 아니야."

그리고 강민영은 꽤 순수했다. 직설적인 말에 상당히 약했다.

"내가 너무 마이웨이였던 거 사과할게. 눈앞에 네가 보여서 주체하지를 못했어. 많이 당황스러웠지?"

"……."

강민영의 얼굴이 빨갛게 달아올랐다. 신희현은 그런 강민영이 귀여워 슬며시 웃고 말았다. 돌이켜 보니 이 시기의 강민영은 부끄러움이 참 많았던 것 같았다.

"엄청 예쁘더라."

"그, 그 정도 아니야."

너 지금 귓불까지 빨개졌어.

이번에도 그 말은 하지 않았다. 대신에.

"이거 원래 엄청 무례한 행동이고, 어찌 보면 폭력적인 행동인 것도 맞아."

약속도 없이 대뜸 찾아와 반쯤 강제로 차에 태웠으니까. 강민영은 뭔가 귀신에 홀리고 있는 것 같은 기분이 들었다.

'내 마음을 다 읽고 있는 것 같아.'

어떻게 생각하면 조금 무서울 수도 있다. 하지만 그녀는 그렇게 느끼지 않았다. 아니, 머릿속으로는 이상하다라고 생각은 하고 있지만 그녀의 심장은 계속 콩닥콩닥 뛰었다.

'내, 내가 왜 이러지?'

왜 이러지는 그녀 스스로도 알 수 없었다. 신희현은 자꾸만 저도 모르게 웃음이 새어 나왔다.

'콩닥콩닥 떨리지? 그래, 그럴 거야.'

그럴 수밖에 없다. 신희현이 하는 행동들은, 과거 강민영이 '나 그럴 때 이상하게 설렜어. 나도 모르겠는데 엄청 떨리더라'라고 말했던 행동들을 그대로 답습하여 따라하고 있는 거니까.

강민영 본인도 모르는 심쿵(*심장이 쿵한다의 준말) 포인트를 짚어서 행동하고 있다. 안 설레면 그게 더 이상하다.

신희현이 물었다.

"설레지?"

"……."

언젠가 강민영이 말한 적이 있었다.

나도 오빠한테 처음부터 호감 있었다고. 그냥 남자답게 사귀자고 말했으면 그 자리에서 오케이 했을 거라고. 다른 사람은 싫은데, 이상하게 오빠는 좋았다고 말이다.

거기에 덧붙여 '사귈래?'는 싫다고 했었다. 그 당시에는 신희현이 '사귈래?' 하고 말했었으니까.

"사귀자."

강민영이 고개를 번쩍 들었다.

"응⋯⋯?"

신희현이 계속 말했다.

"알아. 다시 만난 지 얼마 되지도 않았고 우리는 지금 서로에 대해서 잘 몰라. 하지만 난 시간이 중요하다고 생각하지 않아. 근데 한 가지는 약속할 수 있어."

"⋯⋯."

신희현은 잠시 뜸을 들였다. 강민영에게 하는 행동들, 철저하게 계산된 행동이지만 그렇다고 해서 거짓은 아니었다. 강민영이 없으면 안 된다. 불의 법관이 아니라도 좋았다. 그에게는 강민영이 필요했다.

'민영이는⋯⋯.'

강민영은 자신감 넘치는 사람을 좋아했다.

"내가 너 행복하게 해줄게."

"⋯⋯."

강민영은 이상한 기분에 사로잡혔다. 오그라드는 건 맞다. 느끼하기도 하다. 그런데 싫지가 않았다. 뭔가, 이상한 기분이다.

신희현은 생각했다.

'이번엔 정말이야.'

가능하다면 아탄티아 던전에는 안 데리고 갈 예정이다. 강민영이 죽었던 장소니까.

'진짜로 지켜줄게.'

그때는 힘이 없었지만 지금은 다르다. 강민영을 쳐다봤다. 고민에 빠져 있는 저 모습조차도 사랑스러웠다.

'그리고 너도 날 도와줘. 네 도움이 필요해.'

뭐랄까, 강민영과 함께하면 두려울 것이 없을 것 같은 그런 기분이 들었다. 그런데 밖에서 경적 소리가 들려왔다. 차를 갓길에 세우란다. 오토바이를 타고 쫓아온 경찰이었다.

"교차로 통행법 위반하셨습니다. 범칙금 4만 원 부과됩니다."

때는 저녁.

저녁놀이 질 무렵, 신희현은 삼청동 길을 지나 북악 스카이웨이를 타고 강민영과 드라이브를 즐겼다.

이것 역시 계산된 행동이다. 강민영은 이 길을 좋아했다. 특히나 저녁놀이 질 때, 이때 이곳을 오면 강민영은 그녀만의 감상에 빠져서 헤어 나오질 못했었다.

"오빠, 고마워. 오빠 덕분에 정말 좋은 경험했어. 진짜 너무너무 좋더라."

그녀의 나이 대에서는 경험해 보지 못했던 일이다. 평범한 사람들 기준에서, 20대 초반에 누가 그런 드라이브를 즐길 수 있단 말인가.

안 그래도 신희현에게 호감이 컸는데 그 호감이 더더욱 증폭됐다. 대화를 하면 할수록 느꼈다. 이 남자, 정말 멋있다. 취향을 제대로 저격했다. 물론, 나름대로 속고 있는 거지만.

강민영의 집 앞. 신희현이 먼저 말을 꺼냈다.

"이제부터 내가 믿기 힘든 얘기를 할 거야."

신강철과 마찬가지로 강민영의 각성을 조금 앞당기기로 했다. 그 당시에 유명했던 플레이어라면 각각의 이명을 하나씩은 가지고 있었다.

이명은 곧 그 플레이어의 특성이나 특징을 나타내는 역할을 한다. 다른 말로 하자면 그러한 특성으로 유명해졌을 만큼 실력 있는 플레이어라는 말도 되고.

'민영이는…….'

불의 법관이라는 이명으로 불렸다. 화염 계열의 마법사로 각성하게 된다. 마법사는 굉장히 희귀한 존재다.

하지만 대규모 물량전에서 발군의 능력을 발휘하는 클래

스이기도 하다. 그리고 세간에는 알려지지 않은, 극소수의 사람만 알고 있던 특수한 능력도 가지고 있었고.

"요즘 네가 아끼던 유도복에서 노란빛을 본 적 있지?"

"……유도복에서?"

강민영은 속으로 뜨끔 놀랐다.

아주 옛날, 유도를 처음 시작했을 때 입었던, 지금은 입지도 못할 만큼 해진 유도복이 있다. 운동을 하다가 너무 힘들면 가끔씩 꺼내서 보곤 하는데 저번에는 거기서 노란빛이 나서 놀랐었다.

"그거 보고 놀랐잖아."

강민영이 고개를 끄덕였다. 하도 놀라서 그다음부턴 꺼내보지 않고 있다.

강민영은, 신희현이 이러한 사실을 알고 있다는 것 자체로는 놀라지 않았다. 신희현에 대한 호감도가 워낙에 높다 보니 이상한 것을 생각할 겨를도 없었다.

뭐랄까, 이 오빠는 모든 것을 다 알고 있는 것 같은 그런 기분이 들었다. 요상하게도 그 기분이 나쁘지 않았다. 그녀 스스로 생각해도 참 이상한 일이었다.

"그 유도복을 가지고 제휴 각성 활성이라고 말해봐."

"무슨 말이야?"

"내가 너한테…… 아직 세상이 모르는 비밀을 알려주는

거야."

"무슨 뜻인지 모르겠어."

"일단 하라는 대로 해봐. 그 말 한마디 한다고 해서 너한
테 불이익이 있는 건 아니잖아."

그건 그랬다. 아무도 없는 방에서 그런 말 한다고 해서 손
해 보는 것도 없다. 누군가한테 들키면 정신병자 소리를 듣
기는 하겠지만.

"그러고 나서 시작의 방 활성화라고 말해. 내가 매뉴얼을
대충 적어 왔어."

간략한 설명이 담긴 매뉴얼을 건네줬다. 강민영은 이 상황
을 이해할 수 없었다.

'듀얼 플레이 요청……?'

이해할 수는 없었지만 잠자코 들었다. 논리적인 이유 같은
건 없었다. 이 남자가 말하는 거, 뭔가 장난으로만 들리지는
않았으니까.

마지막으로 신희현이 말했다.

"오늘부터 우리 1일이다."

그리고 차에 탄 다음 손가락을 구부렸다. 의도하지 않았는
데 발가락도 구부러졌다. 오랜만에 이런 짓 하려니까 엄청
오그라들었다. 그래도 기분은 좋았다. 강민영이 거부하지 않
았다. 어쨌든 오늘부터 1일이다.

시작의 마을 광장. 신희현은 기다렸다.

'이쯤 되면 올 때 됐는데.'

헬퍼를 윽박질러 놨다. 무조건 이쪽이랑 연결시키라고. 헬퍼는 말을 잘 들을 거다. 변수가 있다면 민영인데.

"오빠……?"

민영은 혼란에 휩싸인 것 같았다.

"파트너랍시고 옆에서 좋알좋알 떠드는 꼬맹이 있을 거야."

민영은 이해할 수 없었다. 이 게임 같은 세상. 도대체 뭐가 뭔지 모르겠다. 이건 도대체 뭐란 말인가.

"그 녀석한테 영체 상태를 풀라고 해봐."

"어? 아?"

신희현이 가볍게 웃었다.

"많이 당황스럽지?"

그리고 예전처럼 저도 모르게 손을 뻗었다. 강민영의 머리를 한 번 쓰다듬었다.

"엘렌, 그 꼬맹이한테 내 정보를 공유해."

신희현의 등 뒤에서 영체화 상태로 대기하던 엘렌이 모습을 드러냈다. 강민영은 엘렌을 보고 눈을 떼지 못했다.

여자인 그녀가 보기에도 너무나 아름다웠다. 뭐랄까, 천사를 실제로 본 적은 없지만 머릿속에서 그려오던 천사 같은 이미지랄까.

강민영의 등 뒤에서 꼬맹이 하나가 튀어나왔다. 얼굴에 장난기가 가득한, 초록색 모자와 초록색 옷을 입은 꼬맹이였다.

"마, 말도 안 됩니다요! 그런 건 있을 수 없는 일입니다요! 이, 이런 엄청난 플레이어가 있다는 건 말도 안 됩니다요!"

신희현이 말했다.

"난쟁이족의 떡갈나무 맹세를 해야만 할 거야."

"그, 그걸 당신이 어떻게 아십니까요?"

"네가 아는 모든 걸 내가 알고 있거든."

엘렌은 약간은 안쓰러운 얼굴로 그 파트너를 쳐다봤다.

'저 혼란스러운 기분…….'

그 누구보다 엘렌 자신이 잘 알고 있다. 네가 아는 모든 걸 내가 알고 있다는 것. 파트너 입장에서 그것만큼 황당한 일이 없다.

그녀는 그녀도 모르게 속으로 생각하고 말았다.

'화이팅…….'

신희현이 말했다.

"나에 관한 정보를 그 어느 누구에도 발설하지 마. 만약 그 맹세를 수락하면 나는 네 플레이어를 전심을 다해 도울 거야. 노블레스 2회 클리어. 임페리얼 노블레스 수호신을 가진 내가 돕는다면…… 그 결과는 말하지 않아도 알겠지."

사실 그 결과, 신희현도 잘 모른다.

신희현은 강민영을 이해시키는 데 오래 걸리지 않았다.

'이럴 줄 알았지.'

강민영은 이 플레이에 금방 익숙해졌다. 적성에 맞는다고나 할까.

"이런 게 있었네……."

"응, 활성화된 지 얼마 되지는 않았어."

"오빠는 이런 걸 전부 어떻게 안 거야??"

신희현이 뻔뻔하게 말했다.

"내가 이거 톱클래스거든."

저번에는 분명 풋내기라고 주장한 주제에 이번에는 허세를 부렸다. 그 허세가 허세가 아니라 진짜라는 게 조금 특이하지만.

"저 형님의 말이 맞습니다요! 저분은 킹왕짱입니다요! 엘렌 님이 부럽습니다요!"

난쟁이족의 이름은 험머.

난쟁이족은 떡갈나무 맹세라는 걸 한다. 그걸 하고 나면 절대로 그 맹세를 깨지 못한다. 의지와는 상관없이 아예 못 한다.

예를 들어, 떡갈나무 맹세로 앞으로는 절대로 오른손을 사용하지 않겠다고 말한다면 그 즉시 오른손을 아예 사용할 수 없게 된다.

난쟁이족에게 있어서 떡갈나무 맹세는 절대 룰이나 다름 없었다.

"민영아, 이 시간은 현실의 시간과는 별개야."

"······응, 나도 이번에 알았어."

"그러니까 네 유도 수련과는 상관없다는 얘기지."

그리고 장담하는데 이것에 푹 빠질 거야. 딱 네 적성에 맞거든. 그래서 그렇게 고수가 될 수 있었어.

그 말은 또 참았다.

민영을 육성하기로 했다.

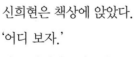

신희현은 책상에 앉았다.

'어디 보자.'

지금 날짜가 5월 4일.

5월 7일에 세계 최초의 던전이 발견된다. 민영의 특수 능력과 최초 던전 발견 특혜 보상이 합쳐지면 거대한 시너지 효과를 내게 될 거라고 예상했다.

'그리고 6월 즈음해서 비공식 플레이어 연합, 고구려가 탄생한다.'

그것에 관해 결정을 내렸다. 그에게는 뚜렷한 목표가 있다.

가족들과 강민영을 살리고, HAN을 얻는 것. 그것을 위해서라면 어떤 짓이든 할 각오가 되어 있다.

머릿속으로 계획을 다시 한 번 점검했다. 맨 처음의 계획과는 조금 달랐다.

맨 처음에는, 무작정 레벨을 빨리 올려서 강유석 같은 힘을 가지려고 했다. 그런데 그것만 가지고는 부족할 것 같았다.

'뭐, 일단은.'

일단은 최초의 던전부터 발견하기로 했다.

신희현은 다시 한 번 더 페이스북을 통해 확인했다.

'그래, 얘가 맞겠지.'

이름 정봉강. 이름이 워낙 특이해서 기억에 남는다. 명예의 전당에 올랐었다. 저번에 찾아보니 실명으로 명예의 전당에 등록했었다. 사진을 확인했다.

'최초의 던전 발견자.'

그리고 이 남자는 원래 죽는다. 명예의 전당에 이름과 업적은 남겼으되, 최초의 던전 내에서 구출되지 못하고 죽음을 맞이한다.

'목숨도 구해주고.'

거기에 더해.

'최초 업적 보상도 받고.'

뿐만 아니라.

'조금 위험한 실험도 해보고.'

앞으로의 계획을 어떻게 실천해 나갈지, 오늘이 바로 중요한 포인트가 될 거다.

'밧줄.'

그리고 최익현을 통해 몰래 구입한 권총도 인벤토리에 고이 모셔 놓았다.

'오케이.'

모든 준비는 끝났다. 엘렌에게 정봉강의 사진을 건네줬다.

"그럼 가 볼까?"

신희현은 강민영과 데이트를 빙자한 만남을 가졌다.

오늘은 놀라운 일이 있을 거라고, 새로운 곳을 발견할 거라고 말했다.

위치는 서대문구 자연사 박물관. 홍제역에서 강민영을 픽업했다.

강민영이 차에 타면서 말했다.

"버스 타고 와도 되는데……."

신희현은 피식 웃고 말았다.

'정말이지. 변함이 없네.'

안 그래도 되는데 차를 얻어 타는(?) 날이면 항상 미안해하고 고마워했다.

'또 원피스야?'

민영은 약간 펑퍼짐한 원피스를 즐겨 입었다. 몸매를 가리기 위해서다.

'여자 허벅지가 이렇게 두꺼우면 매력 없지 않아요……?' 하고 물어봤던 것이 떠올랐다. 민영은 자신의 탄탄한 몸을, 남자들이 싫어할 거라 생각하여 가리고 다녔다.

솔직히 말하자면 전혀 두껍지 않다. 혼자서만 그렇게 생각한다. 신희현의 입장에서는 탄탄하고 보기 좋기만 했다.

'그나마 나를 만날 때만 이렇게 입었었지.'

이 당시 유도에 열심히 매진하고 있을 당시만 해도 추리닝만 입고 다녔다. 그걸 떠올렸다.

자신을 만날 때만 나름대로 꾸민다고 꾸미는 저 모습, 귀엽지 않은가.

　과거의 강민영과 비교하면 화장 기술도 현저하게 뒤떨어지고 말이다. 어색하지만 어색한 나름대로 귀여웠다. 예전처럼 강민영의 머리를 살짝 쓰다듬었다.

　"예쁘네."

　그리고 말했다.

　"그런데 그렇게 예쁜 몸매가 옷에 다 가려지잖아. 예쁘긴 예쁜데 좀 덜 예쁘다."

　"……."

　강민영이 고개를 살짝 숙였다. 예쁘다라는 말, 오랜만에 듣는 것 같다.

　주위에 온통 남자밖에 없기는 하나, 전부 오래전부터 함께 운동을 해왔던 형 같은 오빠들이라서 예쁘단 말을 잘 안 해준다.

　신희현이 말했다.

　"엘렌, 입구에 서 있다가……."

　신희현이 윙크를 찡긋 했다. '내가 예전에 보여줬던 사진의 남자 있지? 오면 나한테 바로 알려줘'라는 뜻인데, 강민영 앞에서는 육성으로 얘기하지는 않았다. 지금은 도둑질 예정 중이다.

엘렌은 고개를 끄덕였다.

'그래도 명색이 빛의 성웅이신데…….'

빛의 성웅이 이래도 되나 싶다. 엘렌은 그 사진 속 모습을 떠올렸다. 물론 엘렌도 이 행보를 싫어하지는 않는다. 오히려 좋다. 그녀 역시 HAN을 원한다. 다만 빛의 성웅이 이래도 되나 싶을 뿐.

"……알겠습니다."

강민영은 여전히 이러한 것이 신기한 듯했다.

"정말로 영체화가 되면 오빠 눈에만 보이고 오빠 귀에만 들리나 봐."

"맞아, 험머의 말도 너한테만 들리잖아. 나한텐 험머가 안 보여."

"응."

"험머가 뭐래?"

"여기서 최초의 던전이 생긴다는 걸 아직도 믿지 못하겠다고 말하고 있어. 혹시 특수 스킬로 예지력을 갖고 있냐는데?"

신희현이 피식 웃었다. 그렇다. 다른 사람이 보기에는 그렇게 보일 수도 있을 거다.

"민영이 너는 2층으로 올라가."

이곳, 서대문 자연사 박물관 2층에 던전이 생긴다.

"내가 말해줬던 거 똑똑히 기억하고."

"응, 2층 전시관 오른쪽 벽면 중간쯤 붉은빛에 가장 먼저 손을 대고 있으면 된다고 했어."

"그래, 똑똑하네. 주의해야 할 점은?"

"나 혼자 들어가면 안 되고 오빠랑 함께 들어가야 돼. 나는 그 어떠한 일이 있어도 입구에서 열 발자국 이상 움직이면 안 돼. 명예의 전당에는 본명으로 등록하면 안 되고."

"맞아."

단단히 주의를 준 뒤, 신희현이 1층으로 내려왔다. 엘렌보다도 먼저 정봉강을 발견했다. 신희현이 넉살좋게 다가가서 등을 한 대 탁! 쳤다.

"야, 오랜만이다."

"응······?"

정봉강은 황당해했다.

이 남자, 누구란 말인가.

신희현이 반쯤 웃으면서 또 반쯤 인상을 찡그리고서 섭섭하다는 듯 말했다.

"나야 나. 기억 안 나?"

당연히 기억 안 난다. 생판 처음 보는 남이다.

"와, 진짜 기억 안 나? 섭섭하려고 그러네."

"어, 그래. 기억나지. 그래, 잘 지냈냐? 짜식, 많이 변했네."

이쯤 되니 황당해진 건 신희현이다.

이놈, 뭐냐. 왜 아는 척이냐. 난 널 모르는데. 난 널 처음 보는데 어떻게 기억이 나는 거냐.

"그래, 잘 지냈다. 요즘 뭐 하고 사냐? 여기서 볼 줄이야. 뭐야? 설마 네 애야?"

"아니, 조카. 우리 나이에 무슨! 아직 결혼도 안 했다, 인마."

신희현은 잘됐다 싶었다.

"야, 이렇게 다시 만난 것도 인연인데 저기서 내가 솜사탕 이나 하나 사줘도 되겠냐?"

"솜사탕! 나 솜사탕 먹을래!"

정봉강의 손을 잡고 있던, 약 7살 정도로 보이는 남자 아이가 신나했다. 정봉강이 말했다.

"어…… 그러면 나야 고맙지."

사실 정봉강도 이 남자, 그러니까 신희현이 누군지 모른다. 민망하니까 그냥 아는 척하고 있을 뿐.

조카 앞에서 두 남자가 서로 다른 마음으로 연기했다.

신희현이 활짝 웃었다.

"자자, 삼촌이 솜사탕 사줄게."

시간을 끌었다. 조카가 있어서 일이 쉽게 진행됐다. 쉽게 인사할 수 있었으니까. 조카에게 솜사탕을 쥐어줬다.

그때, 엘렌이 말했다.

"던전이 활성화되었습니다. 강민영 플레이어 입성이 확인되었습니다."

됐다. 이제 시간 그만 끌어도 된다. 정봉강이 조심스레 물었다.

"아, 근데…… 너 이름이 뭐였지?"

"야, 김욱현. 너무한 거 아니냐?"

"……."

정봉강은 신희현을 쳐다봤다.

내 이름은 정봉강인데. 어, 그런데 지금 솜사탕을 얻어먹었네. 지금 우리 서로 착각한 것 같은데.

정봉강이 머뭇거리면서 말했다.

"저기……."

"……."

"사람을…… 잘못 보신 것 같은데요…….."

볼일은 다 봤다. 신희현이 뒤통수를 긁적거렸다.

"김욱현이 아니에요……?"

"네…… 아닌데요."

"아…… 죄송합니다."

어색한 침묵이 흘렀다. 잠깐 화장실에 갔다 온 조카가 물었다.

"삼촌, 무슨 일이야?"

어린아이의 동심을 깨고 싶지 않은 둘이서 그냥 웃으면서 얼버무렸다. 신희현이 대충 눈치를 줬고 정봉강도 대충 알아차렸다.

"어, 아냐. 삼촌은 바쁜 일이 있어서 가 봐야 하거든. 솜사탕 맛있게 먹어."

그리고 능청스레 말했다.

"나중에 보자, 인마."

정봉강도 대충 연기해 줬다.

"어, 그래. 나중에 보자."

그러면서 생판 처음 보는 둘은 가볍게 고개를 끄덕여서 인사했다. 솜사탕을 맛있게 먹는 남자아이를 뒤로한 채, 신희현이 걸음을 옮겼다.

'나한테 고마워하라고.'

원래대로라면 저기서 죽었을 테니까.

'내가 너 살려준 거야.'

이것이야말로 일거양득 아니겠는가. 사람도 살리고 보상도 얻고. 알림이 들려왔다.

[F급 던전, 'Hosta minor'에 입성하시겠습니까? Y/N]

당연히 Y를 선택했다.

강민영의 목소리가 들려왔다.

"오빠, 여긴 어디야?"

예전 모습 그대로였다. 강민영은 이 시스템에 최적화된 적성(?)을 갖고 있었다. 전혀 위화감 없이 적응을 잘했다.

"호스타 마이너. 원래는 엄청 위험한 곳이야. 최초 발견 보상 얻었어?"

"응."

신희현은 명예의 전당을 활성화시켰다. 확인을 해보니 정상적으로 처리가 됐다.

이름도 강민영이 아닌, '0425'라고 되어 있었다. 강민영이 데헷 웃으면서 말했다.

"우리 재회한 날로 했어. 잘했지?"

"잘했네."

신희현이 강민영의 머리를 쓰다듬었다. 그리고 말했다.

"저기 구석에 보면 앉아 있을 수 있는 자리 같은 게 있을 거야. 던전이 클리어되었다는 알림이 있을 때까지 그 무슨 일이 있어도 그냥 가만히 있어. 아예 눈 감고 한숨 자."

강민영은 세상에 둘도 없는 우군으로 성장하게 될 거다. 그러나 지금은 아니다. 지금 저 안에 데리고 갔다가는 도움이 되기보다는 방해만 된다.

심호흡을 한 번 했다.

'후우.'

잠시 기다렸다.

'과거와 똑같이 흘러간다면…….'

그렇다면 아마 정봉강이 들어오게 될 거다. 싫든 좋든 말이다.

'들어오면 좋은 거고.'

들어오면 좋다.

'들어오는 게 가장 이상적인 시나리오지.'

하지만 들어오지 않는다고 해도 나쁠 것은 없었다.

신희현이 씨익 웃었다. 계획대로 흘러가고 있다.

입구 한편, 신희현이 서 있는 곳에서는 보이지 않는 어두운 곳. 강민영은 신희현이 시키는 대로 일단 구석에 쪼그리고 앉았다.

영체화 상태의 험머가 말했다.

"현재 강민영 플레이어는 저 형님과 파티를 맺은 상태입니다요. 그래서 보상을 공유합니다요."

그런데 낯빛이 조금 어두워졌다.

"하지만 이 던전을 도대체 어떻게 깰지 모르겠습니다요. 혼자서는 절대로 못 깨는 곳인데 말입니다요."

험머는 강민영의 옆에서 쉴 새 없이 수다를 떨었다. 강민영도 이제 험머의 수다에 익숙해졌다.

다만 신희현이 인기척 내지 말고 조용히 있으라고 해서 대답은 하지 않고 고개만 끄덕였다.

'누굴 기다리는 걸까……?'

엘렌도 신희현을 쳐다봤다.

'신희현 플레이어는…….'

이 던전을 어떻게 클리어할지 모르겠다. 이곳은 던전이다. 방에 관한 정보라면 모를까 던전에 관한 정보는 거의 없다.

다만 현재 신희현의 레벨로 보았을 때는 굉장히 위험한 곳이라는 것만 안다. 원래대로라면 플레이어 다수가 파티를 맺고 와야 하는 곳이라는 것도 알고.

'어떻게 하실 생각이지?'

그때 알림음이 들려왔다.

[새로운 플레이어가 'Hosta minor'에 입장합니다.]

6장
성웅의 증표 업그레이드

정봉강은 주위를 둘러봤다.

"여…… 여긴 도대체 어디지……?"

TIP 알림음을 활성화시켰다. 파트너가 없는 일반 클래스인 그에게 있어서 TIP 알림음은 무한한 해결책을 가진 천혜의 목소리였다.

[현재 던전 내입니다.]

[현재 입장하신 던전은 'Hosta minor'입니다.]

'이게 도대체 뭐야…….'

조카를 찾았다.

"인강아, 너 내 목소리 들려?"

들리지 않았다. 7살짜리 조카다. 자신을 잃고 지금 헤매고 있을 텐데. 그나마 기대를 걸어보는 것은 '방'과 같지는 않을까 싶다는 것. 방은 현실의 시간과 별개니까.

정확한 전후사정을 모르는 그는 '그렇다면 다행인데……' 라고 생각하면서도 불안함에 시달렸다.

방도 아니다. 안내해 주는 가이드도 없다. 여긴 도대체 뭐란 말인가.

뭐랄까, 조명인 것 같았는데 작은 붉은빛이 보였었다. 그래서 그걸 만지고 있었더니 던전 어쩌고 하는 알림이 들려왔고 저도 모르게 Y를 선택했다.

딱히 별다른 이유 같은 건 없었다. 우연이었다.

"이, 이것도 방 같은 건가?"

던전과 방은 다르다. 방이 로우 리스크, 로우 리턴이라면 던전은 하이 리스크, 하이 리턴이다.

여기서의 로우와 하이는 그 격차가 매우 심하다. 제아무리 급이 제일 낮은 F급 던전이라 할지라도 일반 방보다는 훨씬 위험하다.

그런데, 목소리가 들려왔다.

"방보다 훨씬 위험한 곳입니다."

"……."

낯선 곳에서 목소리가 들려오다니. 정봉강은 화들짝 놀라 신희현을 쳐다봤다.

"거기, 초록색 선 보이죠? 거기까지가 곧 세이프티 존입니다."

복도의 어둠을 뚫고 누군가가 나타났다. 어라, 낯이 익은 얼굴이었다.

"당신은……?"

"우연이네요. 여기서 이렇게 보다니. 설마 그쪽이 플레이어였을 줄은 몰랐습니다."

"그, 그쪽도 플레이어……?"

엘렌은 신희현을 물끄러미 쳐다봤다. 저 플레이어, 뭐랄까 진짜 성웅 맞나 싶다. 원래 저 남자가 가져가야 할 보상을 빼앗아 강민영에게 주지 않았던가.

저쪽이 플레이어인 거 예전부터 알고 있었으면서 능청스레 연기하는 꼴이라니.

근엄한 척 연기하는 거 빼고는 다 잘하는 것 같았다.

정봉강은 모습을 완전히 드러낸 신희현을 쳐다봤다.

"아……."

뭔가, 저 플레이어, 달라도 뭔가 달랐다.

양옆에 신비로운 분위기를 흩뿌리고 있는 천사처럼 생긴 여자도 있고, 그 옆에는 붉은색 머리카락을 가진 도도해 보이는 여자도 있다.

정확한 표현은 어려웠지만 뭐랄까. 엄청 고수 파티인 것 같은 느낌이 들었다. 굉장히 침착해 보였다.

아무래도 이 이상한 곳이 처음이 아닌 것 같았다.

"고, 고수시군요! 이, 이곳은 도대체 어딘가요?"

신희현이 말했다.

"저도 처음인데요."

"……예?"

정봉강은 울고 싶었다. 신희현이 말이 이어졌다.

"이곳 자체는 처음이지만 던전은 익숙합니다."

거짓말은 아니다. 신희현은 이곳에 온 적이 없다. 이곳은 '최초의 던전'이며 '최초 던전 발견' 보상과 '최초 던전 클리어'에 의의가 있는 거지, 그 외에 다른 엄청난 특혜가 있는 건 아니었으니까.

그러니까 신희현이 본격적으로 활동하던 당시에는 너무 쪼렙 던전이라서 안 왔다는 소리다.

이곳의 '최초 클리어'는 거의 불가능에 가깝다. 원래는 불가능한 거다.

최초로 발견한 다음 죽는 게 당연하다. 그래서 최초 발견자의 최초 클리어 보상은 어마어마할 거라고 예상하고 있다.

신희현이 말했다.

"제가 탈출을 도와드리겠습니다."

"아…….."

정봉강은 허리를 숙였다. 감사합니다. 감사합니다를 연발했다.

"극소수의 던전을 제외하고 대부분의 던전에서는 임의 탈출이 불가능합니다. 일정 조건을 클리어해야만 던전에서 탈출할 수 있습니다."

"아…… 네."

"그리고 플레이어의 수련을 위한 '방'과는 달리 '던전'은 시간의 흐름이 현실과 같습니다."

정봉강은 깜짝 놀랐다. 그렇다는 말은.

"조카를 위해서라도 빨리 돌아가야겠죠. 귀엽던데. 지금 아마 그쪽을 애타게 찾고 있을 겁니다."

지금 조카는 보호자를 잃었다는 소리다.

"아…….."

"이것도 인연인데…… 제가 도와드리겠습니다."

정봉강이 감동한 듯 신희현을 쳐다봤다. 오늘 처음 보는 생판 남이 아닌가. 그런데 조카를 위해 솜사탕도 사주고, 연기도 해주고, 또 이 이상한 곳에서 탈출하도록 도와주겠다고 했다. 지금 의지할 건 이 사람밖에 없었다. 딱 봐도 고수 파티 아닌가. 아무런 대가도 요구하지 않았다. 다행이었다.

신희현에게 알림이 들려왔다.

['성웅'의 조건을 만족했습니다.]
[성웅의 증표에 긍정적인 영향을 끼칩니다.]

신희현이 씨익 웃었다. 본격적인 실험은 아직 시작도 안했는데, 벌써 알림이 들려왔다.

'좋네.'

던전 클리어, 시작하기로 했다.

모두가 그런 건 아니지만 F급 던전의 경우, 던전을 유지하는 '크리스털'이라는 것이 있다. 그리고 크리스털 주변에는 크리스털을 보호하는 몬스터들이 있다.

던전에 따라 조건이 다르다. 일부 던전은 그 몬스터들을 박멸해야 하고, 일부 던전은 크리스털만 부숴도 된다.

'Hosta minor'는 크리스털만 부수면 되는 던전이다.

"우리의 목표는 크리스털을 부수는 것입니다."

"세상에나……."

복도를 따라 걷자 방 하나가 보였다. 높은 벽으로 둘러싸인 방 형식이었는데 정중앙에는 푸른빛으로 빛나는 크리스털이 하나 있었다.

"처, 처음 보는 몬스터들입니다."

당연히 그렇겠지. 신희현은 피식 웃었다.

"저 문을 지나면 놈들이 우릴 발견하게 될 겁니다."

"……."

정봉강은 긴장했다. 그럴 수밖에 없다. 처음 보는 몬스터이고 생긴 것도 기괴했으니까.

뭐랄까, 영화에서 보던 좀비 같은 모양새였다.

그의 생각은 거의 정확했다. 저 몬스터들은 언데드 계열 몬스터. 좀비들이다. 좀비인 주제에 무기도 사용한다.

"각 크리스털당 일반 좀비 서너 마리, 그리고 좀비 병사 두어 마리, 좀비 궁사 한 마리 정도가 있을 겁니다. 숫자는 정확하지 않으니 참고만 하시고."

루시아는 신희현의 등 뒤에서 따라 걸으며 생각했다.

'정확한 상황 판단, 적절한 명령, 배짱을 근거로 한 저 자신감, 자신감을 토대로 움직이는 행동력.'

입술을 혀로 핥았다.

'유능한 지휘관은…….'

침을 꼴깍 삼켰다.

'섹시한 법이지.'

신희현이 말했다.

"루시아, 엎드려."

"명을 받듭니다."

고개를 갸웃할 법도 하건만 루시아는 그 자리에서 바로 엎드렸다.

"엘렌, 벽 위로 올라가."

루시아가 바닥에 엎드리고 엘렌이 날개를 펼쳐 위로 올라갔다.

"우리는 이 벽 위로 올라갑니다."

루시아의 등을 밟고 위로 올라섰다. 정봉강은 충격을 받았다.

손을 대기만 해도 무너질 것 같은 저런 여자의 등을 밟고 위로 올라가다니. 그의 상식으로는 있을 수 없는 일이었다.

"어, 어떻게……."

엘렌이 벽 위에서 손을 내밀었다. 신희현은 루시아의 등을 밟고 엘렌의 손을 의지해서 벽 위로 기어 올라갔다.

그 과정에서 팔꿈치가 조금 까졌다. 피도 제법 났지만 그는 아랑곳하지 않았다.

루시아가 말했다.

"빨리 나를 밟지 않으면 죽여 버리겠다."

정봉강은 충격의 연속이다. 저 고혹적인 붉은 입술에서 저런 상스러운 말이 나올 줄이야. 그냥 상스러운 것도 아니고, 무섭게 상스러웠다. 소름 돋는 상스러움이라니.

정봉강은 누군가에게 조종이라도 당하는 것처럼 얼떨결에 루시아의 등을 밟았다. 그리고 신희현처럼 벽 위에 올라섰다. 바닥에 납작 엎드렸다. 일어서서 가도 되지만 최대한 안전을 기하기 위함이다.

"이 자세가 가장 안정적인 자세입니다."

유능한 골키퍼라 해도 손만 사용해서 공을 잡지 않는다. 몸을 사용해서 확실하고 안전하게 잡는다. 마찬가지다. 기어가는 게 가장 안전했다.

그리고 경고했다.

"옆으로 떨어지면 답 없어요. 나도 못 구합니다. 원래 이 던전은 최소 6명 이상이 파티를 이루어 깨는 던전입니다."

"……."

정봉강은 울상을 지었다. 최소 6명이란다. 아무래도 정말 망한 것 같다.

조카를 위해 빨리 돌아가야 하는데.

막상 위로 올라와 보니 아찔했다. 높이는 3미터가 조금 안 되는 것 같은데, 폭이 좁았다. 폭이 겨우 40㎝ 정도밖에는 안 되는 것 같았다.

'씨팔…….'

40㎝ 정도밖에 안 되는데, 약 3미터 밑에는 징그럽게 생긴 좀비들이 진을 치고 있다. 정봉강의 시련은 거기서 그치지 않았다.

'씨팔…… 씨팔…… 씨팔……!'

어느새 이쪽을 발견한 몬스터들이 벽 쪽을 향해 몰려들었기 때문이다. 벽 위로 올라오지는 못했다.

다만 좀비들이 침을 흘려대며 손을 뻗고 기어오르려 난리를 치는데 던전 내 몬스터를 처음 보는 정봉강에게 있어서 그 모습은 끔찍하기 그지없었다.

"루시아, 스킬 사용을 허가한다. 방향은 내 기준 9시. 활을 들고 있는 저놈만 조져."

"알겠습니다."

루시아가 무기를 로딩했다. 거대한 라이플을 들고 폭이 겨우 40㎝밖에 안 되는 곳에 누웠다. 아무리 루시아라 할지라도 서서 쏘기는 힘들었던 모양이다.

"죽일 필요 없어. 놈의 오른쪽 눈만 맞힌다. 가능하겠어?"

"물론 가능합니다."

루시아가 장전했다.

[스킬, 더블 샷을 사용합니다.]

탕! 탕!

총성이 터져 나왔다. 총성에 자극받은 좀비들이 더욱더 아우성을 치며 벽 위로 기어오르려고 안간힘을 썼다.

그사이 활을 든 좀비는 활을 놓쳤다. 오른쪽 눈에서는 피가 줄줄 흘러나왔다.

"그럼 이제 천천히 저 크리스털만 공격해."

"몬스터들은 그냥 둡니까?"

"어, 수지타산이 안 맞아."

시간은 오래 걸리고 그에 비해 경험치는 안 준다. 그 짓을 할 시간에 차라리 다른 몬스터 잡는 게 낫다.

상황과는 관계없이 엘렌은 다시 한 번 감탄했다.

'신희현 플레이어의 감은 천부적이다.'

시간 감각, 공간 감각, 상황을 살피는 능력, 상황에 따른 대처 능력. 모두가 그랬다.

신희현의 계획을 이미 한 번 들었다. 처음에 시작의 방을 노블레스 등급으로 클리어할 때도 느꼈지만 볼 때마다 놀라웠다.

루시아의 역소환 시간과 경험치를 고려한 레벨 업 시간 등. 모든 것을 고려하여 이동 경로를 짜고 그에 따른 움직임을 보였다.

최소의 시간, 최대의 효율. 마치······.

'유능한 길잡이를 보는 것 같다.'

클래스는 소환사인데 소환사가 아닌 길잡이 같다고나 할까.

'만약 신희현 플레이어가 길잡이였다면.'

그랬다면 발군의 능력을 발휘했을지도 모를 일이다.

이번에는 옆을 힐끗 봤다.

아니나 다를까. 정봉강은 완전히 겁에 질려 있었다.

'저게 일반적인 플레이어다.'

정봉강보고 허접하다고 욕할 수는 없는 노릇이다. 원래 저게 정상이다. 밑에서 아우성치는 좀비들―겨우 3미터 아래―을 보면서 히죽 웃고 지나가고 있는 저 플레이어가 비정상이다.

신희현은 생각했다.

'뜻대로 되고 있어.'

정봉강에게는 미안하지만 정봉강은 지금 일종의 실험 샘플이다.

'과연……'

던전 클리어도 클리어지만, 지금 그것보다 더 중요한 게 있다. 확인해야만 할 것.

그때 루시아의 공격에 크리스털 하나가 깨졌다.

[크리스털이 파괴되었습니다.]

경험치를 확인했다.

'아마 다음 방에서 레벨이 오르겠지.'

경험치 양까지 계산해서 계획을 짰다. 레벨 업이 되면 루시아의 소환 시간이 재충전될 테니까.

신희현이 말했다.

"이동한다."

그리고 이번 던전 클리어에 있어서 가장 중요한 포인트. 어쩌면 향후 신희현의 플레이에 가장 큰 영향을 줄 수 있을지도 모를 그 계획을 시작하기로 했다.

신희현은 벽 위에 납작 엎드린 상태로 기어서 이동했다.

'생각보다…… 긴장이 많이 되네.'

밑을 힐끗 쳐다봤다.

크기기익! 크긱! 크히이익!

섬뜩한 소리를 내지르며 광신도처럼 팔을 높이 들고 벽을 긁어대는데, 그 숫자가 대충 봐도 30마리는 넘는 것 같았다.

천천히 이동해 오면서 좀비들이 따라붙었다.

끼긱! 끼기긱!

좀비들이 손톱으로−대부분 썩어 문드러진 손톱이지만 개

중 멀쩡한 손톱도 있는 듯했다— 벽을 긁어대는 기분 나쁜 소리가 연신 신희현의 귀를 괴롭혔다.

'이런 긴장감.'

좋다. 실수를 해서 넘어지기라도 하면 죽는 거다. 어차피 플레이에 있어서 100퍼센트 안전이라는 건 없다.

'좋네.'

히죽 웃었다. 오랜만의 진짜 던전이다. 감이 살아나는 것 같은 기분이다.

뒤를 힐끗 쳐다봤다. 정봉강이 공포에 질린 상태로 쫓아오고 있었다.

'너는 원래 여기서 죽었어.'

원래 정봉강은 이곳에서 죽는다. 던전에서 아무런 희망도 없이 죽어간다는 게 어떤 상황이고 어떤 느낌인지 신희현은 잘 안다.

그런데 정봉강은 오늘 살 수가 있으니 자신에게 수백 번 절을 해도 모자랄 판이다.

'그걸 감안한다 하더라도 미안하지 않은 건 아니지만.'

정봉강을 일부러 위기에 밀어 넣을 거다. 그걸 실험해 보기 위해서. 그래서 '미끌미끌 기름'을 보상으로 받아냈다.

잠시 후면 아마도 죽을 정도의 공포를 경험할 것이다. 하지만 정봉강은 그걸 아는지 모르는지 자신의 꽁무니만 쫓아오고 있었다.

　실제로도 정봉강은 신희현이 있어서 정말 다행이라는 생각을 하고 있었다. 그만큼 신희현은 듬직했다. 이런 살벌한 곳에서 신희현이 없었다면 아마도 얼마 버티지도 못하고 죽었을 것이라고 생각했다. 그만큼 신희현이 고마웠다.

　신희현이 루시아에게 다시 한 번 명령을 내렸다.

　"놈을 발견하면 무조건 눈을 쏴버려."

　"알겠습니다."

　엉금엉금 기어가다가.

　"왼쪽, 7시 방향. 거리 약 140미터."

　신희현이 먼저 말했고 그와 거의 동시에 루시아가 총을 발사했다.

　탕!

　소리가 던전 안을 울렸다. 그 소리에 자극받은 좀비들이 더욱더 아우성쳤다.

　활 좀비의 눈을 저격한 루시아가 라이플을 갈무리하면서 물었다.

　"주인님은 이러한 상황을 많이 겪어보신 겁니까?"

　"그건 갑자기 왜?"

　"지나치게 침착하신 것 같습니다."

　"그래서 문제 있어?"

"아닙니다. 전혀 없습니다."

신희현이 씨익 웃었다.

문제없으면 됐지.

"오빠야, 오빠."

정봉강은 또 울고 싶어졌다. 지금 이 상황에서 저런 농담이 나오느냔 말이다.

이게 무슨 한가한 소립니까! 하고 소리치고 싶었다.

오빠라니. 오빠 소리고 뭐고, 그냥 나가고 싶다. 죽고 싶지 않았다.

그런데 또 루시아는 진지하게 되물었다.

"호칭을 오빠로 변경합니까?"

"엉?"

그런 의미는 아니었는데. 말 그대로 드립이었는데 루시아가 저렇게 진지하게 반응할 줄은 몰랐다.

신희현은 잠깐 당황했지만 고개를 끄덕였다. 겉으로 보기에 20대 초반의 여자가 주인님, 주인님 하고 부르는 것도 뭔가 이상하지 않은가.

원래는 루시아가 소환 영령이었다는 것도 몰랐었다. 나중에 사람들이 루시아를 플레이어 혹은 사람으로 생각하는 것도 나쁘지 않겠다 싶었다. 자신이 오해했던 것처럼 말이다. 그래서 호칭 변경을 승인했다.

"그래, 마음대로 해."

"알겠습니다. 호칭을 오빠로 변경하겠습니다."

그때, 엘렌은 봤다. 루시아의 눈빛이 미묘하게 빛났다는 것을. 엘렌은 생각했다.

'기뻐하고 있는 것 같다.'

아무래도 루시아는 오빠라는 호칭이 굉장히 마음에 든 것 같았다.

루시아 역시 신희현과 똑같은 자세로 벽 위를 기어가고 있다. 가슴이 여간 걸리적거리는 것이 아니었다. 압박 붕대로 강하게 묶어놨음에도 불구하고 움직임에 제약이 있었다.

'그렇다고는 해도…… 나보다 더 빠르게 활 좀비를 캐치하신다.'

루시아의 눈이 빛났다. 백전노장이라고 해도 이러한 상황에서는 긴장하고 허둥대게 마련이다.

루시아 자신만 하더라도 이 상황이 썩 유쾌하지 않다. 밑의 좀비들이 역겨웠다. 그런데 레벨 30 언저리의 플레이어가 저렇게 침착할 수 있다니.

"오빠께선 수컷의 향기가 물씬 풍기는 것 같습니다."

그때 정봉강이 비명을 질렀다.

뭔가, 미끄러운 무언가를 만지는가 싶었는데.

"으아아악!"

정봉강이 밑으로 떨어져 내렸다.

"사, 살려줘!!! 살려줘! 살려주세요!!!"

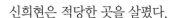

신희현은 적당한 곳을 살폈다.

좀비가 한꺼번에 많이 몰려들지 못할 만한 구조를 가진 좁은 곳. 그리고 자신이 봉강을 구출하기에 용이한 구조. 벽의 높이가 상대적으로 낮으면서 벽에 가장 가까이 있는 놈이 가장 약한 하급 좀비일 것.

이러한 요소들을 반영했다.

그리고 정봉강 몰래 '미끌미끌 기름'을 발랐다.

멋모르고 그걸 짚고 기어가려던 정봉강은 미끄러진 거고.

정봉강의 실수가 아니다. 신희현이 이 상황을 일부러 만들었다.

'오빠야, 오빠'라는 농담 아닌 농담을 날린 것도 아이템을 꺼내 몰래 바르는 걸 들키지 않기 위한 하나의 미끼 작전이었다.

저런 초짜 플레이어 속이는 건 일도 아니지만 그래도 혹시나 싶어서 주의를 다른 곳으로 돌렸다. 얼마나 효용이 있겠냐마는, 하여튼 정봉강은 이것이 신희현이 만들어낸 상황이라는 걸 전혀 캐치하지 못했다.

"사, 살려줘!!! 살려줘! 살려주세요!!!"

신희현이 엘렌에게 낡은 올가미와 미리 준비한 밧줄-아이템이 아닌 현실의 물건- 을 건네줬다. 엘렌과 루시아에게 살짝 윙크했다. 이 둘은 미리 말해놓았던 것을 착실히 잘 이행할 거다.

엘렌이 무미건조한 목소리로 외쳤다.

"신희현 플레이어!"

제 딴에는 다급하게 외치기는 했는데, 만약 이 자리에서 통찰력 있는 제삼자가 있었다면 엘렌의 표정이 그다지 다급해 보이지 않는다는 것을 알아차렸을 것이다.

정봉강의 비명 소리가 들려왔다.

"으아아아아!"

신희현이 버럭 소리를 질렀다.

"조심했어야 할 것 아냐!"

인벤토리에서 권총을 꺼냈다.

'현재 놈들의 숫자는 셋.'

입구가 좁은 방 형식이다. 수많은 좀비가 팔을 내밀며 몸을 억지로 밀어 넣고 있었다.

'여유 시간은 약 10초.'

왼쪽에 두 마리, 오른쪽에 한 마리. 벽을 등지고 있는 상태.

장전했다.

"으어, 으어어어어!"

정봉강은 벽을 마구 할퀴었다. 죽을 것 같았다. 바로 눈앞에 살아 있는 시체들이 썩은 내를 풍기면서 걸어오고 있었으니까.

신희현이 정봉강을 벽 쪽으로 밀쳤다.

"엘렌, 루시아, 들어 올려!"

그사이 벌써 2초가 지났다. 엘렌과 루시아가 신희현의 명령을 이행했다. 정봉강의 몸을 낡은 올가미를 구속하고 들어 올렸다. 정봉강은 벽 위로 올라왔다.

"으아! 으어어억! 으억! 헉헉!"

거친 숨을 내쉬면서 헉헉댔다. 그제야 상황이 보였다.

"오, 올가미가!!!"

끊어졌다. 내구도가 다했다. 그래서 신희현이 따로 밧줄을 준비한 거다.

"저, 저, 저……!"

정봉강이 팔을 내밀었다. 잡고 올라오라고. 생명의 은인이며 지금 유일하게 기댈 수 있는 구세주다. 어떻게든 살려야 했다.

그때 루시아가 발포했다.

탕!

소리와 함께.

좀비 한 마리의 머리가 터져 나갔다.

그사이 신희현도 발포했다.

탕!

신희현이 사격에 일가견이 있는 건 아니지만 거리가 워낙 가까워서 맞히기 쉬웠다.

신희현의 온몸에 피가 튀었다. 좀비의 살점도 신희현에게 날아들었다.

철푸덕!

꽤 큰 살점 하나가 신희현의 볼에 묻은 뒤 흘러내렸다. 신희현은 신경조차 쓰지 않았다. 남은 좀비 한 마리가 입을 크게 벌리고 침을 질질 흘리며 신희현에게 달려들었다.

'한 방 더!'

신희현이 방아쇠를 당겼다.

"이거나 처먹어!"

탕!

소리와 함께 또다시 좀비의 얼굴이 터져 나갔다. 총으로 죽여서 아이템도 드랍되지 않았고 경험치로 인정도 되지 않았다.

신희현의 눈이 빠르게 주위를 훑었다.

'남은 시간은 이제 5초도 안 남았어.'

루시아의 공격에 의해 쓰러진, 머리가 없는 한 놈을 벽에 던졌다. 다시 1초가 지났다.

그놈 위에 시체를 또 쌓았다. 그 와중에 신희현의 몸이 더욱 더러워졌다.

키에에엑!

비틀거리면서 신희현을 향해 달려들었다.

마음이 급했는지 뒤에서 밀었는지, 놈은 넘어졌다. 그 뒤로 물밀듯이 좀비들이 꾸역꾸역 밀려들었다.

키에엑! 케엑!

퍽!

가장 앞에 있었던, 넘어진 놈은 다른 좀비들에 의해 몸이 짓눌려 터져 버렸다.

신희현은 당황하지 않았다. 좀비 세 마리를 벽 앞에 쌓은 신희현은 그것을 계단 삼아 올라갔다.

세 마리를 쌓고 나니 어느 정도 발판이 마련되었다.

빠르게 상황을 판단했다.

'다시 총을 쏘는 것보다는…….'

총을 쏘는 것보다는 그냥 위로 도망치는 게 훨씬 이득이다. 지금 숫자가 너무 많다.

엘렌이 밧줄을 내렸다. 엘렌, 루시아, 그리고 정봉강의 도움을 받아 벽을 타고 올랐다.

그때.

"시, 신희현 플레이어!"

엘렌이 이번에는 정말로 비명을 질렀다. 신희현이 따끔 하고 발목에 통증을 느꼈다.

빠르게 다가온 좀비 한 마리가 신희현의 발목을 물었다. 공격 쿨타임이 끝난 루시아가 놈을 저격했다.

그사이 신희현은 벽 위로 올라왔다.

'살짝 물렸네.'

이 정도 상처는 처음부터 염두에 두고 있었다.

알림음이 들려왔다.

['좀비 독'을 확인합니다.]

[낮은 확률로 좀비화가 진행됩니다.]

정말 극악할 정도로 낮은 확률이다. 이론상 좀비화가 진행 된다고는 하는데 실제로 좀비화가 진행된 경우는 단 한 건도 없었다.

적어도 이곳. 'Hosta minor'에서는 말이다.

['불굴의 의지'가 저항합니다.]

[저항에 성공했습니다.]

나쁘지 않았다.

'그렇다면 이제…….'

그렇다면 이제 마지막 알림이 남았다. 신희현이 기대하고 있는 알림. 신희현이 말했다.

"몸은 좀 괜찮으십니까?"

신희현의 꼴은 말이 아니었다. 좀비의 파편은 물론이거니와 침과 피까지 온몸이 이상한 이물질로 범벅 됐다. 팔꿈치도 잔뜩 까졌다. 냄새도 고약했다.

"아…… 저는…….."

신희현이 말을 이었다.

"실수할 수 있습니다. 괜찮습니다."

일부러 내가 너 그런 상황에 만들었어.

그 말은 삼켰다. 일부러 이런 거다. 과연, 이렇게 인위적인 상황을 만들어서 영웅 행세를 하더라도 이것이 빛의 성웅으로 인정받는 것에 영향이 없는 걸까 확실하게 확인하기 위해서.

도의적인 측면에서 정봉강에게 미안한 것은 사실이지만 그는 이보다 더한 짓도 할 준비가 되어 있었다.

"그쪽 분이 다치지 않아서 다행입니다."

빛의 성웅으로서, 응당해야만 할 법한 말들을 했다. 속으로는 기대했다.

'들려와라.'

이걸 위해서 일부러 약간의 위험을 감수했던 것이 아닌가.

생명을 구원받은 정봉강이 눈물을 뚝뚝 흘렸다.

"어째서 절 위해서 이렇게까지 하시는 겁니까?"

아까 살기 위한 의지에 아무것도 보이지 않았고 아무것도 들리지 않았다면.

지금은 그 삶을 다시 선물 해준 신희현에 대한 감사와 존경이 피어올랐다. 신희현의 모습을 보면 없던 존경심도 피어오를 정도였다. 꼴이 말이 아니었으니까.

신희현이 말했다.

"조카가 많이 예쁘더라고요."

"……."

"조카한테 다시 가셔야죠. 조카가 삼촌을 기다리고 있을 겁니다."

그 말에 정봉강은 신희현을 쳐다봤다. 어떻게 이런 사람이 있을 수 있단 말인가.

그때 알림음이 들려왔다.

['성웅'의 조건을 만족했습니다.]

[성웅의 증표에 긍정적인 영향을 끼칩니다.]

또 이어졌다.

[축하합니다!]
[성웅의 증표 업그레이드 조건을 충족했습니다.]
['성웅의 증표'가 '성웅의 증표+1'로 업그레이드됩니다.]
[앰플러스 네임 효과에 긍정적인 영향을 끼칩니다.]

신희현이 씨익 웃었다. 이제 감 잡았다. 이제는 행보를 확
실히 정할 수 있을 것 같았다.

잠시 숨을 돌리면서 변화된 것이 어떤 것이 있는지 살펴
봤다.

'이건······!'

7장
빛의 성웅?

성웅의 증표가 업그레이드됐다. 내용을 살펴봤다.

〈성웅의 증표+1〉

성웅의 길을 스스로 선택한 자에게 주어지는 숙명의 증표

효과:

> (1) 솔로 플레잉 시 경험치 25프로 상시 추가 획득
>
> (2) 파티 결성 시, 파티원 전체 경험치 10프로 추가 획득
>
> (3) 영웅급 수호신과의 계약 진행

추가 경험치 효과가 생겼다. (1)의 경우 20에서 25퍼센트로, (2)의 경우 5에서 10퍼센트로.

'내 예상이 맞았다.'

좋았다. 모르긴 몰라도, +3까지는 수월하게 올릴 수 있을 것 같았다.

'이건 업그레이드될수록 그 효과가 기하급수적으로 높아진다.'

만약 '폭군의 증표'가 이와 비슷한 효과를 가지고 있다면 강유석이 그토록 강했던 것도 이제 이해가 된다.

'이걸 높여야 돼.'

계획이 얼마나 맞아떨어질지 모르겠다. 성웅 조건의 만족 요건은 이제 확실히 알았다. 그렇다면 그것을 최대한 활용할 생각이다.

'일단 클리어부터 하자.'

두 번째 방, 세 번째 방.

신희현은 계속 엉금엉금 기어가면서 크리스털을 부쉈다.

신희현이 말했다.

"아무래도 오늘은 여기서 자야 할 것 같군요."

시간을 계산해 봤다.

"3시간 정도만 자면 될 것 같습니다."

"……예?"

정봉강은 믿을 수 없었다. 지금도 밑에서는 좀비들이 발악하고 있는데 어떻게 잘 수 있단 말인가. 폭이 겨우 40㎝밖에 안 되는 이 담벼락에서 말이다. 자다가 까딱 잘못하면 쓰러진다. 그럼 죽는 거다.

정봉강이 침을 꿀꺽 삼켰다.

"지, 진심인가요?"

"봉강 씨는 안 자는 게 낫겠네요."

"그럼…….."

"저는 잡니다."

"아니, 어떻게…….."

여, 여기서 무슨 잠을 잡니까. 어떻게 잡니까. 그러다 죽어요! 하고 말하고 싶었다. 아니, 울고 싶었다.

정봉강의 입장에서는 황당하지만, 신희현으로서는 어쩔 수 없는 선택이었다.

루시아의 소환 시간은 한정적이다. 무한히 소환할 수 있는 게 아니다. 한 템포 쉬어가는 게 맞았다.

정봉강은 울고 싶었다.

'여, 여기서 무슨…….'

키에엑! 키엑!

좀비들이 밑에서 계속 아우성 쳤다. 지금 당장에라도 기어 올라올 것 같았다. 신희현이 씨익 웃고 말했다.

"혹시 저도 떨어질지 모르니 저를 잘 붙잡아주시고요."

엘렌에게도 말했다.

"엘렌, 너는 3시간 정도 자지 말고 상황을 주시해."

"……알겠습니다."

"혹시라도 내가 떨어질 것 같거나 정봉강 씨가 졸 것 같으면 뺨을 때려서라도 깨우고."

"……네."

이 플레이어는 도대체 어디까지 자신을 놀라게 할 생각인 건지.

아무리 강심장이라도 이런 곳에서 잠을 자며 휴식을 취하겠다니.

일반적인 사람이라면 이런 곳에서는 절대로 못 잔다.

"으, 으으……."

놀랍게도 신희현은 정말로 잠에 빠져들었다.

약 3시간이 흘렀다.

신희현은 미동도 없이 엎드린 상태로 잠에 빠져들었다. 마치 이 정도 상황은 위기처럼 느껴지지도 않는다는 것처럼.

'이제 신희현 플레이어를 깨워야 할 때가 온 것 같은데.'

그때 신희현이 일어났다.

"대충 세 시간 정도 된 것 같은데."

"……맞습니다."

정봉강의 눈은 시뻘겋게 충혈됐다. 플레이언지 뭔지 이제는 절대로 안 할 거다. 이건 사람 할 짓이 못 된다. 이 플레이어가 잠들어 있는 3시간은 지옥이었다. 3시간이 3년 같았다.

신희현이 움직이기 시작했다.

신희현은 침을 꿀꺽 삼켰다.

'저게 아마 마지막 크리스털이겠지.'

마지막 크리스털이다.

이곳 'Hosta minor'를 겨우 세 명이서, 그것도 겨우 레벨 30 정도에 깨게 될 거라고는 상상도 하지 않았다.

원래대로라면 레벨 30 후반의 플레이어 6명 이상이 파티를 맺고 들어와 클리어하는 게 정석이다.

'시간은 대충 7시간 정도인가.'

담벼락을 타고 이동하는 이 공략이 발견되기 전까지는 일반적으로 3일 정도가 걸렸다.

휴식을 취하고, 좀비들을 소탕하고, 크리스털을 부수는 와중에 좀비들이 리젠되면서 시간이 상당히 오래 걸리는 던전이었다.

'좋았어.'

명령을 내렸다.

"루시아, 저거 조져."

루시아가 공격을 시작했다. 마지막 크리스털은 제법 방어력이 높았다. 한참을 공격해야만 했다.

　시간이 얼마나 흘렀을까.

　[축하합니다!]
　['Hosta minor' 클리어 조건을 만족했습니다.]

　신희현은 기대를 걸었다. 저레벨 세 명이서 던전을 클리어했다. 그것도 최초 클리어다.

　[최초의 던전 클리어로 기록됩니다.]
　[클리어 등급을 산정합니다.]

　시간이 조금 걸렸다. 신희현의 기대감이 높아졌다.
　'이 정도 시간이 걸리는 거라면.'
　이미 두 번 받아봤다.

　[축하합니다!]
　[노블레스 등급 클리어로 인정됩니다.]

　노블레스 등급 클리어 등급을 받았다.

솔직히 이번에는 조금 긴가민가했다. 제아무리 클리어가 불가능한 레벨로 클리어를 했다 하지만 노블레스 등급 클리어가 어디 그렇게 쉽게 나오는 것이던가.

룰 브레이커와 루시아의 도움이 컸다. 물론 지금은 아무도 모르는 공략의 도움도 컸고.

[축하합니다!]
[노블레스 등급 클리어 연속 3회 위업을 달성하였습니다!]

그리고 알림이 이어졌다. 아까는 '앰플러스 네임 효과'에 긍정적인 영향을 끼쳤었다. 그런데 이번에는.

[위대한 업적으로 인정됩니다. 앰플러스 네임의 효과가 업그레이드됩니다.]

앰플러스 네임 효과가 업그레이드됐다.

신희현은 오랜만에 TIP 알림음을 활성화했다. 앰플러스 네임의 개척 효과가 +1로 상승되었다.

개척 효과를 활용하여 아직 공개되지 않았던 '공략 시스템'을 활성화시킨 적이 있다. 그렇다면 '개척+1'의 효과는 어떤 것이 있을까 궁금했다.

[TIP: '개척+1'의 효과로 임의의 방 생성이 가능합니다.]

신희현은 깜짝 놀랐다.

'방 생성이라고?'

좋았다. 이건 굉장히 좋은 거다. 원래는 최익현을 이용하여 세력을 구축하려고 했다.

현실에서는 아직 몸을 사릴 필요가 있었다. 대격변의 시대가 오기 전까지 플레이어는 그렇게 강한 힘을 보유하지 못한다. 최용민과 김상목이 괜히 비공식 플레이어 연합을 만들어 비밀리에 힘을 키운 게 아니다.

그래서 신분을 감춘 채, 빛의 성웅 행세를 하려고 했다. 공략 시스템을 통해 빛의 성웅의 이름을 알리고 사람들에게 있어서 선망의 대상이 되려고 했었다.

머릿속으로 빠르게 계획을 수정했다. 이건 굉장히 좋은 기회였다.

'내게 주어진 권한이 어디까지인가. 그게 포인트겠어.'

그래서 바로 행동에 옮겼다.

엘렌은 고개를 갸웃했다.

'공략의 방……?'

파트너인 그녀도 모르는 방이다. 그럴 수밖에 없다. 개척
+1 효과를 활용하여 신희현이 새롭게 도입한, 새로운 '방'이
니까.

'이런 게 가능했다니…….'

아니, 겨우 레벨 30에 앰플러스 네임을 받고, 그 네임의
효과를 증폭시킬 줄 그 누가 알았겠는가.

여느 방이 그렇듯, 어두운 공간이 나타났다. 아무것도 없
었다. 신희현도 이런 건 처음이다.

개척이라는 것에 대해서도 확실히 감을 잡았다. 없던 걸
만들어낸다.

그런데 이게 또, 아주 없던 걸 만들어내는 것이 아니라 있
을 법한 것, 그중에서도 '성웅'과 어울릴 만한 것들을 만들어
내는 것 같다.

그런데 신희현은 그 '있을 법한' 것들을 알고 있다.

원래 '공략의 방'이라는 건 실제로 존재하는 방이 아니
었다. 다만, 인터넷상에서 각종 공략법을 공유하는 카페나
블로그들 중 '공략의 방'이 가장 유명하고 규모가 컸었다. 거

기서 이름을 따왔다.

'그 공략의 방을…… 이젠 내가 운영하게 되는 거다.'

이곳에서라면 자신의 정체를 숨길 수도 있다. 세간의 주목을 피할 수 있다는 소리다. 슬쩍 엘렌을 봤다.

'여기 그럴듯한 파트너 천족도 있고.'

모르는 사람이 보면 뭔가 있어 보이는 파트너다. 날개가 달렸고 아름다우니까.

예쁜 사람을 보고 천사 같은 얼굴을 가졌다고 말한다. 엘렌이 그 천사다.

알림음이 들려왔다.

[공략의 방 가이드를 설정하기 바랍니다.]

신희현은 고개를 갸웃했다가 이내 무슨 뜻인지 깨달았다. 이 정도는 자세한 TIP 알림을 활성화하지 않아도 대충 안다.

'무조건 세 보이는 게 장땡이지.'

지금이야 헬퍼가 의기양양해서 플레이어들을 무시하고 깔보지만, 나중에는 얘기가 달라진다.

헬퍼는 곧 호구가 된다. 그런 관점에서 봤을 때, 가이드는 어느 정도의 힘을 가지고 있는 것이 좋다.

엄청난 근육질의 덩치를 상상했다. 이를테면 마힌 같은.

여러 가지를 설정할 수 있었다. 그리하여 탄생한 것이 바로.

"형님, 안녕하십니까? 처음 뵙겠습니다."

이 '아놀드'다. 신희현도 솔직히 좀 질릴 정도다. 키가 약 2미터 30센티 정도는 되어 보였다.

거인이다. 거인인데 육중한 체구는 마치 코끼리를 연상시켰다. 주먹에 한 대 얻어맞으면 이승을 떠날 것 같다. 그런 주제에 충성도는 매우 높았다.

"음하하하핫! 칼리움 격투장을 떠나 이곳으로 오게 되다니. 엄청난 꿀보직이군요!"

"칼리움 격투장?"

"아, 예! 지옥 격투장입니다!"

신희현은 엘렌을 힐끗 쳐다봤다.

'이번에는 지옥?'

신희현이 알기로 엘렌은 '천족'이다. 그런데 이번에는 '지옥 격투장'에서 누군가가 소환되었다.

또 궁금해졌다. 이 시스템이 정말로 다른 세계에 있는 인물들을 끌어오는 것인지, 그도 아니면 단순한 게임처럼 어떠한 설정이 있는 것인지.

아놀드가 우렁찬 목소리로 말했다.

"10년 동안 이곳에서 봉사를 하고나면 저는 자유의 몸이 됩니다! 저에게 이런 좋은 기회를 주셔서 감사합니다!"

그밖에 신희현은 몇 가지를 더 설정해야만 했다.

'방 퀘스트라든가…… 그런 건 못 만드는 건가.'

[TIP: 가이드 외의 다른 설정은 COIN을 필요로 합니다. 각 설정은 그에 걸맞은 '개척 효과'가 필요합니다.]

COIN은 이 시스템의 화폐 단위다. 아직까지는 쓸 일이 별로 없지만 얼마 뒤 COIN은 현금보다도 더 중요한 가치를 지니게 될 거다.

'COIN도 필요하고…… 이 이상의 무언가를 하려면 개척 효과가 더 업그레이드되어야 한다는 뜻인가?'

공략의 방을 설정했고, 그다음 '공략의 마을'을 만들었다. 휑한 빈 공터가 하나 나타났다. 말 그대로 공터. 아무것도 없었다.

뭔가를 만들려고 해도.

[COIN이 부족합니다.]

라는 알림이 들려왔다. 엘렌이 말했다.

"신희현 플레이어."

"어?"

"이번에도 역시, 알고 계신 겁니까?"

"아니, 나도 이런 건 처음이야."

"어떻게 하실 생각입니까?"

신희현이 어깨를 으쓱했다.

"이제 코인이 엄청 필요하게 될 거야."

"네."

"그래, 쉽게 말해 돈 많이 필요하다고."

"……."

엘렌은 자괴감 아닌 자괴감에 빠져야만 했다. 언제나 그렇지만 또 신희현에게 설명을 듣고 있는 꼴이라니.

"그리고 이런 말이 있어. 뭐가 됐든 건물주가 짱이다. 땅 많고 건물 많은 놈이 짱인 거지."

"……네?"

"여기는 전부 내 땅이라는 소리야."

과거, '공략의 방' 블로그를 운영하던 플레이어는 그야말로 대박을 맞았다. 한국 서버에서만, 하루 이용자가 수천만에 달했으니 말 다했다.

'공략의 방'은 '공략'에 관한 콘텐츠를 계급에 따라 공유하는 서비스를 제공하면서 사람들을 끌어모았었다.

'여기가 바로 공략의 방이 되는 거지.'

앞으로는 COIN이 중요해진다. 조금 과격하게 말하자면,

COIN은 이 세계의 판도를 뒤집을 수 있는 금력이다.

"이곳에는 사람이 엄청나게 모이게 될 거야."

엘렌은 혼란스러웠다. 천족인 그녀는 지금 신희현이 말하고자 하는 바가 무엇인지 제대로 알 수 없었다.

돈이 많다? 땅이 많다? 그게 무슨 장땡이란 말인가. 그게 HAN을 얻는 것과 무슨 상관이 있단 말인가.

지구의 컴퓨터 속에서 그녀는 본 적이 있다. '여기는 어디인가. 나는 누구인가'라는 말을 말이다. 그 말이 가슴속에 와 닿았다.

엘렌이 말했다.

"얘기가 종합이 되지 않습니다. 결론을 부탁드립니다."

신희현이 씨익 웃었다.

"그리고 이 땅이 전부 내 땅이야."

더 쉽게 설명해 줬다.

"HAN을 얻으려면 레벨도 높아야 하지만 좋은 템으로 풀 무장을 해야 하거든."

"……예."

"그것의 발판이 될 거라는 소리지."

"그렇군요."

신희현이 씨익 웃었다. 엘렌은 그 미소가 왠지 아주 조금 불안했다.

"네가 나를 많이 도와줘야 할 거야."

"저는 언제나 플레이어를 도울 자세가 되어 있습니다."

신희현이 말을 이었다.

"아무래도 HAN을 얻으려면…… 진정한 빛의 성웅으로 거듭나야 할 것 같거든."

그리고 속으로만 생각했다. 빛의 성웅 말고, 빛의 임대업자도…… 괜찮겠는걸?

임대업도 하고 빛의 성웅 포인트도 올리고. 일거양득이잖아.

신희현은 다시 한 번 씨익 웃었다.

신희현이 계획을 설명했다.

"엘렌, 네가 잘해줘야 돼."

좀처럼 표정 변화가 없는 엘렌의 표정이 굉장히 어두워졌다.

"……진심……이십니까?"

신희현과 강민영은, 예전에 둘이 만났었던 '12street' 카페에서 데이트를 즐겼다. 겉보기에는 여느 다른 커플들과 다를 것이 없었지만 둘의 대화는 다른 커플들과는 사뭇 달랐다.

신희현이 말했다.

"……그렇게 된 거야."

"으흥."

강민영은 짧게 감탄사를 내뱉은 뒤 고개를 끄덕였다.

"엄청 재미있겠다."

"……응."

신희현은 저도 모르게 헛웃음을 짓고 말았다. 재미있겠다니. 역시 강민영은 이 시스템을 위해(?) 태어난 사람임에 틀림없었다.

"그러니까 오빠는 오빠의 앰플러스 네임의 업그레이드와 플레이 자금을 모으기 위해서 그런 사업들을 벌일 거다. 이 얘기인 거야? 이걸 공유도 시킬 거고?"

"그렇지."

"신날 것 같아."

강민영이 말했다.

"그런데 이…… 최초 보상이라는 거. 그렇게 대단한 거야? 노블레스 클리어도 엄청난 거야? 험머의 말을 들어보니까 아주아주 대단한 거라는데?"

강민영은 열정은 넘쳤지만 그렇다고 고수는 아니었다. 그리고 시작한 지 얼마 되지도 않아 던전 최초 발견과 함께 던전 최초 클리어, 그리고 노블레스 등급 클리어까지 해냈다.

그녀는 이게 얼마나 대단한 거고, 얼마나 좋은 건지. 제대로 감을 잡지 못했다.

"응, 엄청 좋은 거야. 최초 발견 보상으로 공격 범위 10퍼센트 증가 패시브 스킬 얻었지?"

"응."

'랜지 업'이라는 스킬이다. 이후 스킬북으로도 극소수량이 풀리게 되는데, 그 당시 가격이 약 30조 원 정도 했었다.

신희현이 설명했다.

"범위 마법이라는 건…… 엄청난 거거든."

게다가 너는 화염계 마법사, 불의 법관으로 성장하게 될 거야.

그 말은 삼켰다.

'너의 능력에 랜지 업이 합쳐지면…….'

별거 있겠는가.

'폭풍 레벨 업이지.'

그렇게 만들 거다.

"음…… 그렇구나. 좋은 거구나."

……단순히 그 정도가 아닌데.

신희현은 피식 웃고 말았다.

어차피 말로는 설명해 봐야 그냥 대단하구나, 좋구나 그 정도일 터였다. 나중에 그 위력을 실제로 경험하게 되면 아마 진심으로 감탄하게 될 거라고 생각했다.

지금은 그저 고개를 갸웃하면서 방긋 웃는 강민영이 귀엽고 사랑스러울 뿐이었다.

쪽.

신희현이 기습 뽀뽀를 감행했다. 강민영의 눈이 커졌다. 이른바 토끼 눈이다. 눈의 깜빡임이 빨라졌다. 이미지를 표현해 보자면 귀를 쫑긋 세우고 눈을 깜빡이고 있는 토끼 같았다.

신희현이 피식 웃고 말했다.

"너 그거 알아?"

"……으, 응?"

강민영의 볼이 붉어졌다. 고개를 살짝 숙였다.

'이러면 안 되는데, 우리 만난 지 얼마 되지도 않았는데 벌써 뽀뽀라니. 이러면 안 되는 거 아닌가. 안 될 것 같은데. 어떡하지. 너무 빠른 거 아닐까'라고 생각할 무렵 신희현의 말이 이어졌다.

"아니야, 아무것도."

말하지 않기로 했다.

'너 피하려면 피할 수 있었잖아.'

그 말 했다가는 엎어치기 한 번 당할 것 같다. 유도로 단련된 동체 시력을 갖고 있는 강민영이다.

일반인(?)의 기습 뽀뽀, 마음먹고 피했으면 피할 수 있었다. 다만 강민영의 머리가 '피해야겠다'라는 생각 자체를 못 했을 뿐.

"뭐, 뭐야? 왜 말을 하다가 말아?"

강민영의 얼굴이 더욱 빨개졌다. 아까 하려던 말 대신 다른 말을 했다. 이것 역시 강민영이 좋아하는 말이다.

"너 지금 엄청 사랑스럽다."

그러면서 아주 멋있는 척 커피를 들어 올리고 마셨다.

이것 역시, 강민영이 좋아하는 행동이다.

여유로운 척하면서 커피 마시는 것. 시선은 전방 15도다. 턱을 살짝 들어야 한다.

그러면 강민영은 힐끗 자신을 쳐다보면서 멋있다고 느끼게 될 거다.

'오빠야, 오빠.'

순간, 신희현은 비명을 질렀다.

"으, 웃 뜨거!"

신희현은 '공략의 방'을 공유시켰다. 플레이어들에게 TIP 알림으로 전송이 될 거다. '공략 시스템'을 더욱 구체화시켜서 '공략의 방'으로 만들어버렸다.

최용민과 김상목도 그 알림을 들었다. 최용민이 말했다.

"가 보자."

공략의 방에는 어마어마한 덩치가 한 명 있었다.

바로 아놀드.

아놀드가 대뜸 말했다.

"너희가 그 좆밥 새끼들이냐?"

"……."

김상목이 두 눈을 끔뻑거렸다. '저 형, 엄청 잘 먹게 생겼네. 먹기 배틀하면 내가 지겠다'라고 생각했다.

아놀드는 매우 충직했다. 그것도 조금 지나치게.

"공략의 방에 온 것을 환영한다, 좆밥 새끼들아."

그래서 신희현 외의 다른 플레이어들은 전부 '좆밥'이 되고 말았다. 그리고 시키지도 않은 짓을 했다.

"너희는 공략의 마을에 들어가기 위하여 빛의 성웅 만세를 세 번 외쳐야 한다."

최용민과 김상목이 고개를 갸웃했다. 저런 이상한 입성 조건이라니. 뭔가 조금…… 아니, 많이 이상했다.

최용민은 눈을 반짝였다.

'빛의 성웅?'

누굴까. 계속해서 생각했었다. 어쩌면 이번 기회에 그를 만날 수도 있지 않을까. 그렇게 생각했다. 일단 시키는 대로 했다.

"빛의 성웅 만세, 빛의 성웅 만세, 빛의 성웅 만세."

"목소리가 작다!"

그래서 더 크게 했다.

"빛의 성웅 만세! 빛의 성웅 만세! 빛의 성웅 만세!"

어쨌든 공략의 마을에 들어왔다. 김상목이 투덜거렸다.

"아, 그 형 너무 세게 생겼어. 반항하고 싶은데 반항을 못하겠네. 나보다 고기 세 근은 더 먹겠더라."

최용민이 주위를 둘러봤다.

"마을이 조금 이상하네. 아무것도 없어."

공터만 있었다. 그리고 몇몇 사람이 보였다.

'저들도 플레이어인가.'

시간이 지나면 지날수록 사람들이 모이기 시작했다. 그 숫자가 생각보다는 제법 많았다. 현재 모인 숫자는 약 50명 정도 되었다. 그들도 이곳은 처음인 것 같았다.

다른 방들과는 뭔가 다르다는 것을 눈치챘다.

"이곳에 대한 정보가 있어요?"

"아뇨, 저도 처음이에요. 여긴…… 아무것도 없고. 도대체 뭐죠?"

시간이 조금 더 흘렀다. 하늘에서 누군가 날개를 펄럭이며 내려왔다. 김상목이 입을 쩍 벌렸다.

"저, 저기 봐. 용민아, 쩐다. 개쩐다! 슈퍼 초 쩐다!"

"……."

최용민이 하늘을 올려다봤다. 누군가. 누군가가 내려오고 있었다. 지상으로부터 약 7미터 정도 높이에 이미지 속의 천사가 한 명 둥둥 떠 있었다.

김상목이 감탄에 감탄을 더했다.

"개이뻐, 개이뻐, 초이뻐. 어떻게 저런 사람, 아니, 천사가 다 있냐?"

그 천사가 입을 열었다.

"여러분을 환영합니다. 공략의 방의 사자, 천족 엘렌. 인사드립니다."

플레이어들이 감탄했다. 사자란다. 게다가 천족. 뭔가 있어 보이지 않는가. 심지어 그 생김새가 인간은 아닌 것 같았다. 경외심이 들 정도의 아름다운 저 모습에 남자 플레이어들은 눈을 떼지 못했다.

고귀한 자태, 성스러운 모습, 기품이 철철 넘치는 목소리.

남들이 보기에 그 모든 것을 갖춘 공략의 방 사자 엘렌은 속으로 생각했다.

'이건…… 아닌 것 같다.'

플레이어들은 알 수 없었지만 그녀의 날개 끝이 조금 구부러져 있었다. 닭살이 돋았다. 공략의 방 사자라니. 그녀는 그런 게 아니다.

'나는 파트너인데⋯⋯.'

파트너인데. 이거 뭔가 잘못됐다. 그래도 어쩌랴. 플레이가 시키는 대로 해야지.

"저는 공략의 방 사자로서 여러분이 향후 방과 던전을 클리어하는 것에 있어서 큰 도움을 줄 것입니다. 이는⋯⋯."

엘렌이 잠깐 말을 멈췄다. 스스로 말하기에도 약간⋯⋯ 조금 그랬다. 아니, 많이 그랬다.

"위대하신 빛의 성웅께서 여러분을 돕기 위함이며⋯⋯."

엘렌은 순간 중심을 잃고 떨어질 뻔했다. 날개가 자꾸만 꼬부라졌다.

참고로 이 대본 아닌 대본은 신희현이 작성한 거다. 이래야 효과가 극대화될 거라나 뭐라나.

하여튼 자기 입으로 '위대하신 빛의 성웅' 어쩌고를 말하게 될 줄은 몰랐다. 미칠 것 같았다.

"여러분의 귀중한 생명과 재산을 지킬 수 있는 커다란 도움이 될 것임을 미리 말씀드립니다."

최용민이 물었다.

"그러면 저번에 활성화되었던 공략 시스템 역시, 빛의 성웅께서 공유하신 겁니까?"

"네, 그렇습니다. 이곳에서 판매되는 공략집은 플레이어들끼리 공유가 가능하며 2차 생산 역시 허용됩니다."

모든 걸 다 하게 해줄 거다. 어차피 그건 사람들을 끌어모을 콘텐츠다.

"공략 시스템을 통한 수익은…… 전액 이 공략의 방에 재투자되게 됩니다. 이는 여러분을 위한 것입니다."

재투자는 맞다. 거짓말은 절대로 아니다.

"지금은 아무것도 없는 이 황량한 곳이…… 추후 눈부신 발전을 거듭하여 플레이어들께 양질의 공략을 제공하는 공략의 마을이 될 것입니다."

그 재투자가 신희현을 위한 재투자라는 거, 그걸 플레이어들이 잘 모를 뿐.

엘렌이 말을 이었다.

"가장 먼저, 던전의 위치를 공유하겠습니다."

그래서 시작됐다. 이름하야 미끼 던지기.

"이곳은 최초로 생긴 던전입니다. 플레이어 자격을 획득한 사람만이 출입할 수 있으며, 등급은 F. 클리어 보상은 등급마다 다르지만 C급의 경우 하급 마력석 3개와 패시브 스킬 1개가 주어집니다."

엘렌이 잠시 숨을 골랐다.

"하급 마력석의 경우, 이곳. 공략의 방에서 가이드를 통해 황금으로 교환할 수 있습니다."

플레이어들이 깜짝 놀랐다.

"황금이요?"

황금은 곧 돈 아니던가.

"하급 마력석 3개당 황금 100g과 교환할 수 있는 교환소를
만들 예정입니다."

엘렌은 최용민과 김상목을 따로 불렀다. 물론 신희현의 명
령 때문이었다.

"두 분은 따로 저와 할 얘기가 있습니다."

김상목은 정신 못 차렸다. 엘렌의 미모에 반쯤 넋이 나
갔다.

"마, 말만 하세요."

"……."

"빛의 성웅께서는 두 분을 눈여겨보고 계십니다. 여러분
께 제의하겠습니다. 플레이어들을 연합할 세력을 만드세요."

최용민은 엘렌을 쳐다봤다.

빛의 성웅은 도대체 누구란 말인가.

안 그래도 머릿속으로 세력을 만드는 것을 고려하고 있
었다. 아직 구체적인 계획은 아니었지만 말이다.

그런데 그 계획을 누군가 다른 사람이 제안했다.

"이 공략의 방은 수많은 플레이어가 이용하게 될 것입니다. 플레이어들을 포섭할 수 있는 기반이 되는 방입니다."

"하, 하겠습…… 읍!"

최용민이 김상목의 입을 막았다. 그리고 물었다.

"만약 그 제의를 받아들인다면 우리에게 어떤 이득이 있죠?"

"플레이어 연합의 수장 자리를 맡게 될 것입니다. 다른 말로 표현하면 권력을 가지게 될 것입니다. 그뿐입니다. 빛의 성웅께서는 그저 여러분께 발전의 발판을 만들어주는 것이 목적입니다. 받아들이고 받아들이지 않고는 전적으로 두 분의 자유입니다. 그 자리를 어떻게 활용하느냐는 두 분께 달렸겠지요."

"아무런 조건이 없는 것입니까?"

"두 분과 협의를 할 수 있는 상징적 지위. 그분께서는 그것을 원하셨습니다."

신희현의 방.

엘렌이 물었다.

"어째서 플레이어 연합을 만들 것을 지시하셨습니까?"

'응, 그거 어차피 가만히 놔둬도 만들 거거든. 이왕 만드는 거 내 입김 작용해서 만들면 좋잖아'라는 그 말은.

"그게 플레이어들을 위한 거거든. 나 빛의 성웅이잖아."

"……."

라는 말로 뒤바뀌었다.

'빛의 성웅…… 확실합니까? 뭔가 아닌 것 같은데요' 하고 엘렌은 말하고 싶었다.

"하여튼 빛의 성웅이라는 게 있다는 걸 플레이어들에게 각인을 시켜놨으니까 1차 작전은 나름대로 성공한 거지."

"……예."

신희현이 씨익 웃었다.

"어차피 나는 경영이나 세력 키우기, 조직 간 암투. 이런 거 잘 못하거든. 현실에서 힘이 있는 것도 아니고. 근데 걔네들은 그걸 아주 잘해. 가만히 놔둬도 알아서 잘 클 거야. 거기에 발언권과 상징적 지위만 얻어놓으면 꽤 유리할 상황이 몇 가지 있어."

대격변 때도 큰 도움이 될 거다. 던전 브레이크 사태도 방지할 수 있을 거고.

그 와중에 '빛의 성웅'의 이름도 드높아질 거다. 사람들의 뇌리에 분명 영웅으로 각인될 테니까.

'나만 좋은 건 아니지.'

신희현은 사리사욕(?)을 채우기는 했다. 그러나 오로지 신희현 자신만을 위한 건 아니었다. 분명 인류에게도 도움이 될 거라는 판단이다.

그것까지는 캐치하지 못한 엘렌이 마지못해 대답했다.

"……알겠습니다. 그렇다면…….'"

신희현이 어깨를 으쓱했다.

"무슨 말을 할지 알아. 하급 마력석에 관한 얘기 하는 거지?"

8장
상상을 초월하는 레벨 업 속도

신희현은 쾌재를 불렀다. 아직은 마력석의 쓰임새가 널리 알려져 있지 않다. 마력석의 쓰임새가 알려지게 되는 데 약 2년 정도의 시간이 필요하다.

그때에는 마력석 1개당 약 500만 원에 거래된다. 현재 금 1kg의 시세가 약 5천만 원 정도 된다.

마력석 3개를 가져오면 금 100g을 준다고 했다. 시세로 치면 약 500만 원이라는 소리다.

'500만 원 투자해서 1,500만 원 벌면 이득이지.'

그것도 2년 만에 말이다. 황금은 아직도 많다. 의도치 않게 황금 골렘을 잡은 덕분에 말이다.

뿐만 아니라 마력석은 아이템의 가공에도 쓰인다.

'마력석은 많으면 많을수록 좋아.'

던전 공략법과 방 공략법 등도 풀었다.

'대격변 때 플레이어가 많이 있으면 좋겠지.'

그러면 더 수월하게 그 시기를 지나칠 수 있을 테니까. 대격변 시기 이후 풍요와 발전의 시대, 그때를 좀 더 수월하게 맞이할 수 있을 거다.

'게다가 마법사는 코인을 많이 잡아먹는 클래스고.'

하여튼 코인이 많아서 나쁠 건 없었다.

한편, 플레이어들 사이에서 '빛의 성웅'이 누구냐에 관한 얘기가 오갔다. 특히나 최용민과 김상목은 그 궁금증이 더했다.

최용민은 생각에 잠겼다.

'과연 누굴까? 진짜 노리는 건 뭐지?'

진짜 노리는 건 간단하다. 빛의 건물주…… 가 되어 최후의 보상 HAN을 차지하는 것.

김상목이 태평한 소리를 해댔다.

"플레이어라면 내가 소고기로 꼬실 텐데."

그딴 걸로 꼬실 수 있겠냐.

최용민은 말을 하려다 말았다. 저 친구 놈은 원래 그런 놈이니까.

김상목이 물었다.

"그래서 플레이어 연합은…… 만들 거야?"

"만들어야지. 공략의 방도 생겼겠다. 플레이어들 간의 커뮤니케이션이 이루어질 수 있잖아. 이러한 상황에서…… 빛의 성웅이 없다 하더라도 연합은 만들어야 해. 오히려 좋은 거지. 플레이어들과의 접점을 쉽게 만들 수 있으니까."

"왜?"

최용민은 설명하려다 말았다. 친구의 수준에 맞춰서 친구식 맞춤 설명을 해줬다.

"소고기 한 번 먹을 거, 열 번 먹을 수 있을 테니까."

"오, 개이득!"

그렇게 하여 플레이어 연합, 고구려가 탄생했다.

신희현은 신강철에게 연락을 취했다. 들어보니 레벨이 8 정도 된단다. 제법 괜찮은 속도다. 2년 내에 치유 물약을 만들기만 하면 되니까.

"그러면 이제 제일 중요한 건…… 너를 키우는 일이지."

저번 던전 공략 덕분에 강민영은 말 그대로 '폭풍 레벨 업'을 했다. 게다가 노블레스 등급 클리어를 공유했다. 강민영을 데리고 다니면서 버스를 태웠다.

신희현이 물었다.

"재미있지?"

"응!"

그럴 줄 알았어 하고 신희현은 고개를 끄덕였다.

강민영의 적성은 유도보다도 이쪽이 맞을 거라 생각, 아니, 확신하지만 유도를 때려치우라고는 말하지 않았다.

유도 역시 그녀에게는 중요한 꿈이었으니까.

"던전보다는 방 위주로 클리어를 진행할 거야."

"시간 때문에 그러는 거야?"

"그렇지. 뭐야, 제법 똑똑하잖아? 바보인 줄 알았는데."

"으씨, 바보 아니거든요?"

"유도도 열심히 해야 하니까."

영체 상태의 엘렌은 강민영과 신희현을 보며 도저히 이해할 수 없었다.

'바보 아니거든요라고 말을 하는데 기분이 전혀 나빠 보이지 않는다.'

이상했다.

'바보는 욕이 아니던가?'

분명 욕이 맞는 거 같은데 왜 저러지.

엘렌은 이해가 안 됐다. 뭐랄까.

'미묘한 기류가 흐른다.'

그런데 저 미묘한 기류의 정체가 뭔지는 알 수 없었다. 그녀는 그녀 나름대로 정의를 내릴 수 있었다.

'뭔가 내가 이해할 수 없는 부류의 감정이 오가고 있다.'

신희현이 말했다.

"이제 수련의 방 대퀘스트를 클리어할 거야."

"응, 알겠어. 오빠가 적어준 거 열심히 기억해 놨어."

어떻게 움직일지 어떤 루트로 움직일지 미리 적어서 전해 줬었다.

노블레스 등급 클리어를 위해서.

'이번에도…… 노블레스 등급 클리어가 가능할까.'

모르겠다. 가능할 수도 있고 안 될 수도 있다.

민영이 말했다.

"그럼 우리 노블레스 클리어하는 거야?"

신희현이 허세를 부렸다.

"아마도?"

엘렌과 험머는 동시에 입을 다물었다. 저 두 플레이어는 무슨 노블레스 등급 클리어를 동네 마실 나가는 것처럼 쉽게 말하고 있다.

험머는 생각했다.

'나는 기뻐해야 하는 것입니까?'

엘렌은 당황하기보다는 험머를 안쓰러운 눈으로 쳐다

봤다. 저 기분 아주 잘 아니까. 신희현이 말했다.

"근데 민영아."

"뭔데?"

중요한 것 하나를 말 안 했다.

"있잖아…….."

"왜?"

"내가 말을 안 한 게 하나 있는데."

뭔가 중요한 말을 할 것 같은 모양새에 강민영은 괜스레 약간 긴장했다.

"……뭔데? 중요한 거야?"

"그게…….."

어찌 보면 사소한 거라서 생각을 못 했다. 이건 명백히 자신의 실수였다.

"음, 내가 너랑 파티 플레이를 할 건데…….."

"응, 맨날 그랬잖아."

"근데 수련의 방 가이드가 미나라는 애거든."

"나도 알아요."

강민영은 슬슬 답답해졌다. 무슨 말을 하려고 이렇게 뜸을 들인단 말인가.

항상 마이웨이, 마이스타일을 고수하는 저 오빠가 오늘따라 왜 이리 말을 빙빙 돌리는지. 답답하긴 답답한데.

'이런 모습도 있었어?'

약간은…… 귀여운 것 같기도 했다.

뭐랄까. 반전 매력이랄까. 이 오빠, 정말 매력 있다.

'내가 무슨 생각을 하는 거야?'

그때, 신희현이 말했다.

"그 미나가 나랑 엘렌을 연인 사이로 오해하고 있거든."

"……웅?"

신희현은 침을 꿀꺽 삼켰다. 민영은 언제나 아름다웠고 착하고 참했으며 뛰어난 능력을 가지고 있음에도 불구하고 자신을 무시한 적이 없다. 내조도 잘했다. 그런데 한 가지. 단점 아닌 단점이 하나 있었다.

"엘렌이랑 애인이라고?"

"아니, 빠른 진입을 위해서 그렇게 말했어. 그렇지, 엘렌?"

엘렌이 고개를 끄덕였다.

"그랬습니다."

강민영이 고개를 갸웃했다.

"근데 오빠, 무슨 죄 지었어? 왜 태도가 그래?"

"질투 안 하나?"

"질투를 왜 해? 그 정도로? 에이, 나 그렇게 속 좁은 여자 아니야. 오빠한테 오빠의 사정이 있었겠지."

강민영이 똘망똘망한 눈으로 쳐다봤다.

'응······?'

오히려 신희현은 기분이 조금 나빠졌다. 예전에는 이 정도만 했어도 질투했었는데 이젠 질투 따윈 하지 않고 있지 않은가.

'뭐지?'

다행이긴 한데, 조금. 뭐랄까, 조금 별로다.

신희현이 말했다.

"하여튼 미나 앞에서는 엘렌이랑 애인인 척하는 게 좋아. 너는 단순한 파티 플레이어고."

"알았어. 나 참, 무슨 말을 하나 했더니. 긴장했잖아, 바보 오빠야."

어쨌든 신희현과 강민영은 수련의 방에 들어섰다.

미나가 제자리에서 깡총깡총 뛰면서 말했다.

"알았어. 파티플레이를 승인할게. 와, 그래도 능력 좋네. 이렇게 예쁜 여자 둘을 거느리고 플레이를 한다니."

그러면서 양쪽 옆구리에 손을 얹고 충고하듯 말했다.

"하지만 바람은 안 돼. 바람피우는 놈이 제일 나쁜 놈이야. 쳐 죽일 놈이야. 절대 수련의 마을에 들여보내주지 않을…….”

신희현이 말을 잘랐다. 저대로 놔두면 3분은 떠들 거다. 이제부터는 1분 1초가 귀하다.

“나는 절대 바람 같은 거 피우지 않아. 그런 놈들은 거세를 해버려야 해. 물리적인 거세 말이야.”

“넌 아주 바람직한 남자야.”

신희현의 답변이 마음에 들은 듯 미나는 고개를 끄덕였다. 발랄한 목소리로 외쳤다.

“그럼! 수련의 마을로 이동!”

신희현이 명령을 내렸다.

“루시아, 너는 마힌에게 가.”

소환수를 부리면 이게 좋다. 특히나 말이 통하는 인간형 소환수, 영령이면 더더욱 좋다.

아마 루시아는 마힌에게 가서 ‘부탁하지 않으면 죽여 버리겠다’를 남발하며 퀘스트를 강탈해 올 거다.

그리고 신희현은 마을 중앙에 위치한 촌장의 집의 문을 두드렸다. 신희현은 마치 자신이 이곳의 주민인 양 분기탱천한 모습으로 말했다.

"그 새대가리 때문에 많은 고통을 받고 있다고 들었습니다."

"……그렇지."

"그 새대가리 놈을 제가 죽이고 돌아오겠습니다."

"오오……! 정말인가! 자네가 이 마을을 구해줄 빛의 용사인가!"

용사는 아니고 빛의 성웅이다.

"제가 반드시 그놈을 처리하겠습니다."

대퀘스트는 쉽게 받았다. 이곳의 대퀘스트는 원래 쉽게 나온다. 촌장은 90세의 노인인데, 일단 새대가리 얘기만 꺼내면 퀘스트를 주는 편이다. 그런데 숨은 게 하나 있다.

신희현이 약한 척했다.

"제 능력으로 그것이 가능할지 잘 모르겠습니다."

촌장의 얼굴이 어두워졌다.

"하지만 저는 이 마을의 어려움을 외면할 수가 없군요. 저는 반드시 그 새대가리 놈을 처치해 버리고 말겠습니다. 불가능을 가능으로 만들겠습니다."

"내 자네만을 믿겠네."

그래서 아이템 하나가 주어졌다.

['밀가루 한 포대'를 획득했습니다.]

신희현이 쾌재를 불렀다.

'됐다.'

계획대로다. 원래 수련의 마을 대퀘스트는 레벨 50은 되어야 클리어할 수 있는, 지금 신희현의 레벨을 기준으로 한다면 극악의 난이도를 자랑하는 퀘스트다.

'방'의 퀘스트이니만큼, 죽을 확률은 높지 않았다. 놈으로부터 도망치기는 쉬웠으니까.

대퀘스트 '큰 참새를 물리쳐라!'가 활성화됐고, 파티 알림을 통해 소퀘스트 3개가 동시에 뜨는 것을 확인했다. 루시아와 강민영이 제몫을 톡톡히 해주고 있는 셈이다.

'생각보다 굉장히 빨라.'

혼자서 플레이하는 것보다 훨씬 더 빨랐다. 성웅의 증표 효과로 인하여 솔로 플레이가 유리할 수도 있다.

하지만 미래를 생각하면 아니다. 민영을 빨리 키우는 게 지금 솔로플레이를 하는 것보다 장기적으로 봤을 때 이득이다.

물론 솔로 플레이가 필요한 경우에는 솔로 플레이를 하겠지만.

이들과 미리 만나기로 약속했던 동문. 입구를 나서기 전, 신희현이 마을 경비병에게 말했다.

"이봐."

"오, 자네인가? 그 새대가리 놈을 무찌를?"

"아, 소문이 퍼졌나 보군."

"그래그래, 무슨 일인가? 말만 하면 내가 다 도와주지."

"담배를 피우려 하는데…… 불이 없어서 말이야."

"그런 거라면 내 얼마든지 도와주겠네!"

경비병은 주머니를 뒤적거리다가.

"이건 내 자네에게 주는 선물일세. 부디 그놈을 죽여주게."

알림음이 들려왔다.

['불 막대'를 획득하였습니다.]

신희현은 씨익 웃었다. 됐다. 대퀘스트, 소퀘스트를 다 할
당받았다. 그리고 촌장으로부터 받는 히든 아이템 밀가루포
대와 경비병으로부터 불 막대까지 받을 수 있었다.

토끼를 가장 먼저 잡았다. 푸른 악어를 손쉽게 잡기 위해
서 예전과 같은 방식으로 악어의 껍질을 받아냈다.

몬스터 존, 알리게이트를 떠나 천천히 걸음을 옮겼다. 체력
안배도 중요했다. 지금은 천천히 걸으며 체력을 아낄 때다.

민영은 감탄했다.

"오빠는 도대체 이런 걸 전부 어떻게 아는 거야?"

"나한테는 특수 스킬이 있거든."

신희현은 거기까지만 설명했다. 특수 스킬 같은 거 없다.

하지만 아무리 민영이라도 만난 지 얼마 되지 않은 지금 '나 과거로 돌아왔어'라고 말을 한다면 믿지 않을 것 같았다.

'언젠가는…… 설명할게.'

아직은 아니다. 조금 더 시간이 지난 후에 말하기로 했다.

민영은 순수하게 감탄했다.

"오빠는 정말 대단한 것 같아."

'진짜 멋있어!'라고 말하고 싶었지만 그건 부끄러워서 참았다.

"뭐가?"

"그냥 우리 다시 만났을 그때부터……."

그때부터 뭔가 심상치 않았다. 익숙한 것 같은 기분도 들었다. 왜 그런 건지 그녀는 알 수 없었다. 그리고 확실히 희현과 함께 있으면 설레고 즐거웠다. 함께한 지는 며칠 되지 않았지만 의지도 됐다.

"뭔가, 오빠는 되게 특별한 사람인 것 같아."

신희현이 피식 웃었다. 강민영의 머리를 한 번 쓰다듬었다.

"우리는 릴 랜드로 갈 거야."

"릴 랜드?"

"새로운 걸 보여줄게. 분명 신기할 거야."

이미 대략적인 설명은 다 해났다. 릴 랜드를 거쳐서 큰 참새를 잡을 거다. 원래 레벨이라면 불가능하다.

'가장 먼저 잡을 놈은 걸음초.'

험머는 침을 꼴깍꼴깍 삼키면서 따라왔다. 신희현은 중간 중간 피어 있는 꽃을 꺾어 인벤토리에 넣었다.

'저건…… 사파냐 꽃인데 말입니다요?'

신희현이 계속 걸음을 옮겼다. 알림음이 들려왔다.

[몬스터 존, '릴 랜드'에 입장하시겠습니까? Y/N]

신희현의 현재 레벨은 32. 언제나 그렇듯 이곳은 현재 레벨에 비하면 많이 높은 곳이므로 들어오지 않는 것이 좋다는 알림음이 들려왔다.

신희현은 언제나 그랬듯 쿨하게 그 알림을 무시했다. 여기부터가 일반 플레이어랑은 완전히 다른 행보라고 할 수 있다.

다른 플레이어들은 이 알림을 무척 잘 듣는 편이니까.

누가 자기 목숨 걸고 도박을 하겠는가.

한두 번 듣는 알림이 아니다 보니 엘렌은 신경도 안 썼다. 다만, 험머의 안색이 창백하게 질렸다.

"신희현 플레이어가 대단한 건 알지만…… 이곳은 너무 위험한 것 아닙니까요? 이러면 안 되는 거 아닙니까요……?

릴 랜드에는 릴 랜드의 제왕 우르칸이 있습니다요."

루시아가 말했다.

"닥쳐라. 오빠의 말은 항상 옳다."

"……."

하필이면 그 타이밍에 단도를 만지작거리는 바람에, 험머는 아무 말도 못 하고 민영의 등 뒤에 숨었다.

'저 누님 무섭습니다요'라고 말하고 싶었는데 말했다가는 혼날 것 같아서 그냥 입을 다물었다. 저 누나, 무서웠다.

신희현이 말을 이었다.

"미리 설명했듯, 걸음초를 잡을 거야. 겉으로 보기에는 일반 식물과 비슷하니까 조심하는 게 좋아."

이곳은 숲 지대다. 나무가 무성하고 울창한 정도는 아니었지만, 나름대로 동네 뒷산 정도는 되는 그러한 곳.

마치 산책로와 비슷한 길이 나 있고 그 양옆으로 사람의 허리 정도 오는 높이까지 풀들이 자라 있었다.

"저 중에는 색이 유난히 파란색에 가까운 풀이 있을 거야."

루시아가 주위를 살펴봤다. 분명히 있었다.

"네, 있습니다."

"저놈이 걸음초. 접근하지 마."

걸음초. 식물임에도 불구하고 걸음을 옮길 수 있는 형태의 식물형 몬스터다. 레벨은 대략 34 정도.

"저렇게 식물인 척하고 있다가 주변에 뭔가가 지나가면 공격하거든."

식물과 비슷하게 생겼지만 줄기 한가운데가 벌어지면서 커다란 입과 이빨이 생긴다.

그리고 그 입을 통해 마비독을 내뿜고 플레이어를 꿀꺽 삼키는 형태의 몬스터다. 제때 탈출하지 못하면 걸음초의 영양분이 된다.

신희현이 설명을 이었다.

"풀 형태라서 총알 먹이기도 쉽지 않아."

"가능합니다."

"네 능력을 무시하는 건 아닌데…… 여기서 소란을 피우면 우르칸 놈이 달려들 수 있거든."

우르칸은 호랑이 형태의 몬스터다. 수련의 방에서 가장 강한 몬스터이며 이곳, 릴 랜드의 지배자다.

지금 신희현이 잡으려고 하는 '큰 참새'는 사실 이 우르칸에게 쫓겨서 도망쳐 나오는 몬스터에 불과했다.

'그놈은 건드리지 말아야겠지.'

아직은 놈을 상대할 능력이 안 된다.

"그래서 민영이 네가 있는 거야."

신희현이 강민영의 머리를 살짝 쓰다듬었다. 시스템에는 절대 룰이 있다. 말이 거창해서 절대 룰이지 사실 그 룰을 우회하는 방법은 많다.

"네가 이번에 익힌 마법 있지?"

"파이어 볼?"

기본 마법이다. 화염계 마법사가 아니더라도 마법서만 있으면 익혀서 사용할 수 있는 초급 마법, 아니, 공통 마법에 가까운 '파이어 볼'이다.

"마법에도 상성과 특성이라는 게 있거든."

식물 형태의 몬스터에게는 화염 계열의 마법이 굉장히 유효하다. 같은 레벨, 같은 능력을 가졌다 하더라도 마법의 속성에 따라 각 몬스터에게 입힐 수 있는 피해 정도가 다르다는 뜻이다.

험머가 말했다.

"그런데 우리 파트너님은 레벨이 낮아서 공격을 못 하는데 말입니다요. 사실 우리 누님은 여기 오면 안 되는 레벨입니다요."

신희현이 근처에서 나무를 몇 개 꺾어서 뭉치를 만들었다. '미끌미끌 기름'을 조금 묻혔다. 험머가 눈을 끔뻑거렸다.

"그, 그런 방법이 통할 리 없습니다요. 우리 누님의 레벨은 이제 겨우 20입니…… 다만은."

루시아와 눈이 마주쳤다. 빠르게 말을 바꿨다.

"물론 가능할 겁니다요. 그렇고 말굽니다요! 하, 하핫!"

엘렌은 아무런 말도 하지 않았다. 저 마음. 아주 잘 안다. 험머를 나무랄 생각도 없다. 저거 지극히 정상적인 반응이다. 지금 험머도 목숨이 달려 있다. 플레이어가 죽으면 파트너도 죽는다. 그러니까 험머 입장에서는 당연한 반론이다. 험머의 입장, 아주 잘 이해하고 있다.

'화이팅.'

신희현이 황금 골렘을 기상천외한 방식으로 잡을 때만 하더라도 정말로 신희현이 황금 골렘을 잡아버릴 거라고는 상상조차 하지 않았었다.

그때의 그 충격, 아니, 차라리 공포에 가까웠던 그 놀라움. 아직도 생생했다. 속으로 조용히 읊조렸다.

'험머, 당신을 응원합니다. 당신의 놀라움은 지극히 정상적인 것입니다.'

파트너로서 동병상련이 느껴졌다.

그래, 믿을 수 없겠지.

신희현이 말했다.

"원래 룰은 지키라고 있는 게 아냐. 이용해 먹으라고 있는 거지. 내 레벨로…… 저놈 때려잡을 수 있거든."

룰 브레이커가 있으니까. 민영은 벌써부터 불타올랐다.

"해볼게."

민영이 마법을 발현시켰다.

"파이어 볼."

신희현이 만든 횃불이 활활 타올랐다. 신희현이 씨익 웃고서 말했다.

"조금 더 크게 말해야 해."

강민영이 목소리를 조금 더 높였다.

"파이어 볼!"

스킬명을 말하는 것이 익숙하지 않은 그녀의 얼굴이 조금 붉어졌다. 마치 만화영화에 나오는 여자 주인공이 된 것 같은 기분이지 않은가.

"……이렇게?"

"그래, 잘했어."

신희현이 다시 한 번 강민영의 머리를 쓰다듬었다.

"익숙하지 않겠지만 익숙해져야 돼. 지금은 몰라도 나중에는 무조건 파티 플레이를 해야 한단 말이야. 그때 아군 법사가 뭘 하는지 모르면 안 되거든. 적어도 그 파티를 인솔하는 리더는 각 플레이어가 뭘 할지 정확하게 알고 있어야 해."

이때까지만 해도 신희현은 무조건 파티 플레이를 해야 되는 줄 알았다.

한편, 험머가 침을 꿀꺽 삼키고 신희현의 움직임을 주목했다. 혼자 중얼거렸다.

"지, 진짜 되는 거 아닙니까……?"

신희현이 걸음초에 가까이 다가갔다. 신기하게도 걸음초가 위로 쑤욱 솟아오르더니 한 발자국 뒤로 멀어졌다. 도망치는 것이 분명했다.

그 와중에 민영은 무언가를 알아차렸다.

'공격을 하지 않고 있어.'

신희현이 따로 설명을 하지 않았음에도 이러한 시스템에 익숙한 것이 아님에도 불구하고─그녀는 게임을 해본 적이 별로 없었다─ 본능적으로 알았다.

지금 저 오빠가 뭔가 특별한 것을 하려고 하고 있는 거라는 걸.

'조금씩, 조금씩……'

그리고 깨달았다.

'지금 걸음초들을 한자리에 모으고 있어.'

그 방향이.

'저쪽.'

약간 구덩이가 파인 곳으로 움직이고 있다. 깊은 구덩이는 아니었지만 반경이 제법 넓었다.

신희현은 휘이, 휘이 하고 파이어 볼이 담긴(?) 나무막대를 휘두르며 걸음초들을 한곳으로 몰아넣었다.

'아!'

신희현이 설명해 주지 않았음에도 불구하고 그녀는 알 수 있었다.

신희현이 무엇을 할지 알아차렸을 무렵, 신희현은 아까 오면서 꺾었던 꽃들을 바닥에 하나씩 놓기 시작했다. 구덩이 주변으로 해서 하나씩, 하나씩.

그러자 신기한 일이 벌어졌다. 걸음초들이 구덩이 밖으로 나오지 못했다. 마치 감옥에 갇힌 것처럼 말이다.

험머가 입을 쩍 벌렸다.

"이, 이럴 수가 있습니까요!"

신희현이 구덩이 안쪽으로 남은 '미끌미끌 기름'을 전부 뿌렸다.

"민영아, 이제부터 내가 나뭇가지를 하나씩 꺼낼 건데, 내가 신호할 때마다 파이어 볼을 나뭇가지에 맞혀."

씨익 웃었다.

"버그만큼 좋은 플레이는 없거든."

정상적인 방법으로는 이렇게 몰이사냥 못 한다. 아까 신희현에게 들었던 대로 목소리를 힘껏 냈다.

"파이어 볼!"

불이 나뭇가지에 옮겨 붙었다.

"직접 타격은 불가능한데."

신희현이 그 나뭇가지를 안쪽으로 집어 던졌다. 걸음초가 불타기 시작했다. 줄기가 큰 입으로 변했다. 소리 없는 아우성을 질러대는 것 같았다.

"고레벨 플레이어를 통한 간접 타격은 가능하거든."

험머는 할 말을 찾지 못했다. 횃불을 들고 걸음초들을 유인하여 구덩이에 가두어버린 뒤, 무차별 화염 폭격이라니. (사실 폭격이라고 하기엔 터무니없이 약했지만 어쨌거나 험머의 입장에선 놀라웠다.)

알림이 들려왔다. 상위 레벨 몬스터를 처치했다는 알림이었다. 패시브 스킬 룰 브레이킹이나 룰 브레이커의 도움 없이 시작의 방도 아닌 곳에서 상위 레벨 몬스터를 사냥했다.

"대, 대단합니다요……."

뿐만 아니라 전과 마찬가지로 성웅의 증표로 인한 추가 경험치까지 획득할 수 있었다. 신희현이 말했다.

"몰이사냥이라는 건 광역 딜러의 특권이거든."

물론, 몬스터를 붙잡아둘 수 있는 누군가가 있어야겠지만.

험머와 강민영에게 알림음이 이어졌다.

[레벨이 올랐습니다.]

[레벨이 올랐습니다.]

지금 한꺼번에 잡은 걸음초만 약 10여 마리쯤 된다.

"게다가 일정 시간 내에 여러 마리를 잡게 되면."

[10초 내에 몬스터 10마리 사냥에 성공했습니다.]

추가 경험치 20퍼센트가 가산되어서 적용되었다.

"이렇게 되거든."

몬스터마다 다르다. 어떤 몬스터는 10초 내에 3마리만 잡아도 된다. 또 어떤 몬스터는 5초 내에 10마리를 잡아도 안된다.

콤보와 광역 공격. 이 두 가지를 잘 조합하면 일반적인 레벨 업보다 훨씬 빠르게 레벨 업을 할 수 있다.

저렙의 세계는 경험하지 못하고 초고수의 레벨 업만 경험하고 있는 초보인 민영은 쉽게 생각했다.

'이런 것도 가능한 거구나.'

가볍게 생각했다. 누구나가 가능한 건 줄 알았다. 물론 아니다. 험머는 안다.

"상상을 초, 초월하는 레벨 업 속도입니다요……."

하도 놀라워서 엘렌이 지나가는 말로 위로했다.

"아직 놀라기는 이를 겁니다."

"……무슨 말입니까요?"

엘렌은 알고 있다. 아직 퀘스트는 클리어조차 하지 않았다. 신희현의 행동에는 다 이유가 있다.

'아마도…….'

그녀도 정확하게 아는 건 아니라서 확언하지는 않았다.

'노블레스 등급 클리어를 하시려고 하는 거겠지.'

아마도 그럴 것 같다. 그걸 위해서 지금 저렇게 움직이고 있는 것일 터.

중간중간 시간을 재는 걸로 봐서 시작의 방 때처럼 시간을 분, 초 단위까지 계산하고 움직이고 있는 것임 틀림없었다.

"엘렌 누님, 무슨 말입니까요?"

엘린이 대답했다.

"보면 알 겁니다."

따지고 보면 아직 진짜 퀘스트는 시작도 하지 않았다. 지금 목표는 '큰 참새'를 잡는 거다. 신희현의 지금 행동은 큰 참새를 최저 레벨에서, 가장 빠른 속도로 잡기 위한 행동이었다.

험머는 흥분해서 주먹을 쥐었다 폈다를 반복했다.

"저 형님, 역시 뭔가 있다고 생각했습니다요. 그럴 거라고 생각했습니다요. 그리고 험머는 다짐하겠습니다요. 앞으로는 어떤 일이 일어나도 절대로 놀라지 않을 것입니다요! 확실합니다요!"

저번 던전 공략에서는 구석에 숨어 있어서 신희현의 행보를 직접 보지 못했었다. 그래서 그건 일단 논외로 하고서.

"암, 이젠 파악이 끝났습니다요."

이제는 정말 안 놀랄 줄 알았다.

9장
정령왕 칸드

불이 모두 꺼졌다. 신희현이 아이템 몇 개를 주워 들었다.

"이제 놈이 있는 곳으로 이동할 거야."

신희현이 습득한 아이템은 '걸음초 가루'다. 필요한 건 전부 모았다. 그렇다면 이제 큰 참새를 사냥하면 된다.

몬스터 존, 릴 랜드의 경계에 섰다.

신희현이 명령을 내렸다.

"루시아, 허공을 향해서 총을 여러 발 발사해."

"알겠습니다."

루시아가 발포하기 시작했다.

탕! 탕!

요란한 총성이 터져 나왔다.

어디선가 울음소리가 들려왔다. 루시아가 물었다.

"우르칸…… 을 자극하기 위함입니까?"

"똑똑하네."

루시아의 표정이 밝아졌다. 굳이 엘렌에게 물었다.

"저는 지금 칭찬을 받은 것입니까?"

엘렌은 고개를 끄덕이고 말았다. '죽입니까?' 혹은 '죽여 버리겠다'라고 말을 할 때와는 사뭇 다른 소녀 같은 분위기에 엘렌은 나름대로 충격을 받고 말았다.

엘렌이 고개를 끄덕여 줬다. 루시아의 표정이 굉장히 밝아졌다.

"계속 쏴."

루시아가 명령을 이행했다. 짐승의 울음소리라 짐작되는 소리가 점점 더 가까워졌다. 민영은 확신했다.

'우르칸이라는 몬스터를 자극해서…… 날뛰게 만들 생각인 거야.'

분명 큰 참새는 우르칸에게 쫓겨 나오는 몬스터라고 했다. 민영이 물었다.

"큰 참새는 집단생활을 하는 몬스터인 거야?"

신희현은 황당해졌다.

'얘는 이걸 어떻게 알았지?'

큰 참새는 집단생활을 하는 몬스터다. 무리를 짓고 있어서 잡기가 굉장히 어렵다. 그래서 따로 떨어져 나온 놈을 잡는 게 가장 좋다. 그걸 위해서 지금 우르칸을 자극한 거다. 우르 칸에게 쫓기다 보면 원래의 몬스터 존을 벗어나는 놈이 있게 마련이니까.

순수하게 민영에게 감탄했다. 아까 몰이사냥도 캐치하더 니 이번에는 상황을 통해 몬스터의 습성까지 파악해 버렸다.

'진짜 천재인가?'

이러니까 그렇게 유명한 플레이어가 될 수 있었나 싶다.

하여튼 일단 중요한 건 그게 아니었다.

릴 랜드를 벗어났다. 이제부터가 중요하다.

"준비 작업이 조금 필요해."

큰 참새 사살 작전.

이제 진짜 시작이다. 신희현이 밀가루 포대를 꺼냈다. 그 리고 그 안에 걸음초 가루를 섞어 넣었다.

아무것도 없는 벌판. 하늘은 높았다. 푸른 하늘이 보였다.

'저곳으로 놈이 날아든다.'

성난 우르칸이 이곳저곳을 마구 들쑤실 거고, 그러면 큰 참새는 릴 랜드를 벗어나 이곳까지 도망쳐 올 거다. 큰 참새 의 도망 루트는 이미 꿰고 있다.

'시계도 굉장히 좋아.'

멀리 볼 필요가 있었다.

"루시아, 전방을 주시해. 뭔가 날아오는 것을 포착하는 즉시 말해. 그리고 단도 좀 빌려주고."

루시아로부터 단도를 받았다. 큰 참새가 이곳까지 날아오는 데 걸리는 시간은 약 30초. 그때 결판을 내야 했다.

"그리고 내가 하나, 둘, 셋 신호를 하면 이걸 최대한 높이 던져."

라고 말했다가 잠깐 생각을 바꿨다.

"엘렌, 이거 들고 날 수 있겠어?"

밀가루 포대는 약 20㎏ 정도 되었다. 엘렌은 물끄러미 밀가루 포대를 쳐다봤다.

"가능…… 할 것 같습니다."

날개가 파르르 떨렸다. 커뮤니케이션을 통해 다른 파트너들과 대화를 나누고는 있는데 파트너를 이렇게 짐꾼으로 부려먹는 플레이어는 없었던 것 같다.

험머가 안쓰러운 표정으로 엘렌을 쳐다봤다.

'저 가녀린 팔로 저게 가능하겠습니까?'

라고 생각했지만 엘렌은 실제로 그걸 가능하게 만들었다. 비록 빠른 속도는 아니지만 천천히, 천천히 위로 올라갔다.

루시아가 말했다.

"비행 물체를 포착했습니다."

큰 참새다. 신희현은 확신했다.

"공격합니까?"

"아니, 기다려."

놈의 비행 속도는 빠른 편이다. 그리고 부리가 매우 날카롭다. 잘못하면 엘렌을 공격할 수도 있다.

"엘렌, 내가 명령하면 영체화를 진행해."

"……알겠습니다."

엘렌도 전방을 주시했다. 뭔가가 날아오는 것이 느껴졌다. 그 크기가 점점 더 커졌다. 큰 참새였다. 화가 난 것 같았다.

끽! 끽!

일반적인 참새와는 다른 울음소리가 들려왔다. 엘렌은 느꼈다.

'이곳을 발견했다.'

이쪽을 발견하고 이곳을 향해 일직선으로 달려들고 있었다. 그 모양새는 마치, 무언가를 사냥하는 것 같은 그런 모양새였다.

엘렌의 심장이 쿵쿵거리기 시작했다. 큰 참새의 모습이 더 잘 보였다. 날카로운 부리를 내밀고, 이쪽을 뚫어버릴 기세로 날아오는 것이 여간 살벌한 것이 아니었다.

'지금은 때가 아니야.'

마음 같아선 지금 당장 영체화를 하고 싶었지만 지금은 아니었다. 신희현이 아직 명령을 내리지 않았다. 이젠 신희현을 믿는다.

험머는 발을 동동 굴렀다.

"저, 저러다 진짜 부딪히겠습니다요!"

아슬아슬해 보였다. 큰 참새의 육중한 몸집이 가녀린 엘렌의 몸을 뚫어버릴 것 같았다.

'아니, 아직이야.'

신희현이 타이밍을 쟀다. 그때 신희현이 말했다.

"엘렌, 영체화해!"

엘렌이 영체화를 진행했다.

팍!

큰 참새가 밀가루 포대를 터뜨렸다. 걸음초 가루가 섞여 있는 밀가루 포대가 터지면서 하얀 가루가 마구 흩날렸다.

끽! 끼긱!!

큰 참새가 놀랐는지 날갯짓을 했다. 밀가루와 걸음초 가루가 더욱 더 잘 배합되었고, 마치 안개처럼 큰 참새를 뒤덮었다.

'이때다.'

신희현이 불 막대를 집어 던졌다. 루시아가 불 막대를 겨냥했다.

"루시아, 발사해."

탕!

루시아가 라이플을 발사했다. 루시아의 실력을 여전했다. 불 막대를 정확하게 맞혔다. 불 막대에서 불꽃이 피어올랐다. 그리고 총알의 추진력을 힘입어 하늘을 향해 날아갔다.

그리고 그때.

콰과광!

거대한 폭발음이 일었다. 하늘에서 폭발이 일었다.

'분진폭발.'

루시아는 두 발로 버티고 섰다. 충격파가 상당했지만 버틸 만했다.

'역시 나의 지휘관이시다.'

강민영 역시 하늘을 올려다봤다.

"와아……."

그녀는 폭발의 영향에서 상당히 자유로웠다. 그녀의 현재 클래스는 '불의 법관'이다.(이후 알려지게 되는 이명과 클래스의 이름이 같았다.)

'나는 별로 아무렇지도 않네.'

신희현이 말했었다. 불과 관련한 공격 혹은 그 여파에 대해서는 타격을 거의 입지 않을 거라고 그게 네 클래스가 가진 힘 중 하나라고 말을 해줬었다.

그걸 실제로 경험하니 신기했다. 물리적으로는 설명이 안 되는 현상이다.

'어떻게 이런 게 가능하지……?'

그리고 도대체 저 오빠는 이런 걸 어떻게 알았지.

그걸 생각하니.

두근.

가슴이 떨렸다. 왜 이러지 싶었는데, 신희현이 명령을 내렸다.

"루시아, 발포해. 가능하다면 날갯죽지를 노리고 불가능하다면 그냥 조겨!"

아마도 아직 큰 참새는 아직 죽지 않았을 거다. 하지만 큰 타격을 입었을 거다. 큰 참새가 떨어져 내렸다.

탕! 탕!

루시아가 그 와중에 큰 참새의 날개를 공격했다. 신희현이 참새를 향해 달려갔다. 그의 오른손에는 루시아의 단도가 들려 있었다.

쿵!

큰 참새가 땅에 떨어졌다. 흙먼지가 일었다. 신희현은 아랑곳 않고 달렸다.

땅에 떨어졌어도 놈은 위험한 몬스터다. 육지에서도 상당히 빠른 몸놀림을 보인다.

흙먼지가 눈에 들어갔지만 눈을 감지 않았다. 눈물이 줄줄 흘러나왔다. 눈이 따가웠지만 참았다.

오른팔에 힘을 꽉 주고 놈의 다리를 썰었다. 단도는 굉장히 좋은 아이템인 듯싶었다.

참새의 다리는 굉장히 가늘었다. 얇은 나뭇가지 같은 느낌이었다.

서걱! 서걱!

듣기에 그다지 유쾌하지 않은 소리가 들렸다. 신희현은 이를 악물고 힘을 줬다. 놈의 다리가 조금씩 잘려 나갔다.

한쪽 다리가 잘려 나갔다. 신희현은 그걸 집어 던지고 다른 쪽 다리에 단도를 갖다 댔다. 그사이 큰 참새가 정신을 차렸다.

끼긱! 끼긱!

몸을 돌렸다. 신희현을 향한 분노를 표출했다. 신희현은 살기를 느꼈다. 이런 느낌이 분명히 존재한다. 이쪽을 죽이고 싶어 하는 그런 느낌.

큰 참새는 현재 분노한 상태. 다리 자르기는 일단 포기했다. 두 다리를 모두 잘라 버렸으면 좋았을 테지만 그것까지 바라지는 않았다.

끽!

큰 참새가 뒤뚱거리며 몸을 돌리고 신희현을 쪼았다. 신희현은 눈을 부릅떴다. 놈의 부리를 정확하게 봤다. 피하지 않았다.

엘렌이 다급하게 외쳤다.

"신희현 플레이어!"

강민영도 마찬가지로 외쳤다.

"오빠!"

큰 참새의 부리가 신희현의 어깨를 뚫었다. 신희현이 씨익 웃었다.

'충격이 안 커.'

생각보다 충격이 크지 않았다. 안에 가죽옷을 덧대 입었다. 현재 레벨도 30이 넘는다. 쉽사리 구멍이 뚫리거나 하지는 않는다.

놈의 부리가 가죽옷을 뚫었고 어깨에 작은 생채기를 냈다. 피가 나기는 하지만 피해가 크지 않았다.

오히려 당황한 건 큰 참새였다. 큰 참새의 눈이 커졌다. 신희현이 그 상태 그대로 몸에 반동을 줬다. 왼팔로 놈의 부리를 감싸 안고 다리로 놈의 목을 껴안았다. 그리고 오른손에 든 단도로 놈의 눈을 찍어버렸다.

팍!

소리와 함께 큰 참새의 눈동자가 터졌다. 큰 참새가 발버둥 쳤다. 중심을 잃고 쓰러졌다.

탕! 탕!

그사이 신희현에게 위해가 가지 않는 선에서 루시아가 큰 참새를 타격했다. 큰 참새가 워낙 발버둥을 치는 탓에 신희현은 땅바닥에 굴렀다. 다시 달려들었다.

"뒤져, 이 새끼야!"

놈의 허벅지라 짐작되는 부위에 올라타 놈의 다리를 잘라냈다. 씨익 웃었다. 됐다. 상처를 조금 입기는 했지만 성공적이다.

다리와 날개를 손상시켜 놓으면 놈은 아무것도 하지 못한다. 이제 멀리서, 루시아를 통해 타격을 가하기만 하면 된다.

옷을 탈탈 털면서 루시아와 민영이 있는 쪽으로 복귀했다.

"루시아, 이제 죽여."

큰 참새의 부리를 획득했다. 레벨도 올랐다. 누가 봐도 빠른 레벨 업 속도였다.

특히나 강민영의 경우는 레벨이 낮아서 레벨 업 속도가 더 빨랐다. 강민영은 심장이 콩닥거렸다.

'내가 왜 이러지……?'

모르겠다. 아까의 그 장면이 잊히지가 않는다.

그러나 무섭지 않았다. 피를 뒤집어쓰고도 아무렇지도 않아 하는 모습, 다리를 자르고 눈을 찌르던 그 모습.

어찌 보면 굉장히 무서운 거다. 그런데 왜 무섭지가 않은지 모르겠다.

'왜 그게……'

고개를 도리도리 저었다. 아니다. 이건 말도 안 된다. 이성적으로 말이 안 되지 않는가!

'왜, 왜……'

하지만 자꾸만 왜.

'그것마저 섹시하지……?'

으아, 미치겠네. 내가 미쳤나 봐.

강민영은 그렇게 생각했다. 자신이 왜 이러는지 알 수가 없었다. 미칠 것 같았다.

'나 왜 이래? 왜 그게 그렇게 멋있어?'

혼란에 휩싸였다. 그런데 강민영 말고, 또 혼란에 휩싸인 사람이 한 명 더 있었다. 바로 미나였다.

"마, 말도 안 돼…… 너 도대체 정체가 뭐야?"

수련의 방 가이드 미나. 그녀 역시 많은 플레이어를 접했다. 그런데 이런 플레이어는 처음이다.

수련 퀘스트를 겨우 레벨 35에, 그것도 이렇게 빠른 시간에 클리어를 해버리다니.

그녀는 뭔가에 홀리기라도 한 듯 중얼거렸다.

"클리어 시간…… 5시간 21분……."

말을 더듬었다.

"전체 퀘스트 클리어 인정……."

그녀의 눈동자가 흔들렸다.

"퀘스트 클리어 등급을 산정합니다……."

안 쓰던 존댓말까지 썼다. 그리고 이내 클리어 등급이 발표되었다.

"신희현 플레이어, 그리고 강민영 플레이어의 퀘스트 클리어 등급은……."

미나는 할 말을 잃었다.

"이건……."

두 눈을 비볐다. 몇 번을 비벼 봐도 믿을 수 없는 현실이 눈앞에 펼쳐져 있었다.

"노블……."

한동안 말을 잇지 못했다. 이런 경우, 처음 본다.

"노블레스 클리어로 인정……?"

험머는 마치 자기가 노블레스 클리어를 한 것처럼 엣헴 하고 헛기침을 했다. 이제 내가 선배다. 나는 놀랍지 않다고 허세를 부렸다.

"엣헴, 그 정도는 별거 아닙니다요. 별로 놀라워할 일도 아닙니다요."

물론 허세다. 험머는 식은땀을 줄줄 흘렸다.

'레벨 100이 되기 전에 노블레스 클리어를……'

그냥 4회도 아니고 연속 4회 클리어했다. 어떻게 이런 게 가능하단 말인가.

놀라는 것과는 별개로 어깨를 쭉 폈다. 턱을 높이 들었다. 자신만만하게 말했다.

"우리·형님입니다요."

노블레스 등급 클리어로 인정됐다.

"노블레스 등급 클리어 보상은……."

보통의 경우, 보상은 '보상의 방'이라는 곳에서 따로 받든지 아니면 각자의 인벤토리에 알림음과 함께 지급된다.

지금은 보상의 방.(최후의 던전에도 보상의 방이 따로 있었다.)

강민영에게는 두 가지 선택지가 주어졌다.

'아만다와 쉐어러?'

TIP 알림음을 활성화시켰다. 아만다와 쉐어러에 관한 간략한 설명을 확인할 수 있었다.

아만다는 화염 속성 마법 시전 시 추가 대미지 옵션과 아직 개화되지 않은 특수 스킬이 녹아 있는 성장형 스태프였다.

'그리고 쉐어러는…….'

강민영은 주저 없이 쉐어러를 선택했다. 아만다가 당기지 않는 건 아니었다.

다른 플레이어들에 비해-다른 플레이어들은 노블레스 등급 클리어가 있다는 것도 잘 모른다- 비교적 쉽게(?) 생각하고 있지만, 그래도 노블레스 등급 클리어가 마냥 쉬운 게 아니라는 걸 안다.

험머에게 귀에 딱지가 앉도록 들었다. 노블레스 등급 클리어는 거의 불가능에 가까운 클리어라고. 따라서 노블레스 등급 클리어로 주어지는 보상은 어마어마하다고 말이다.

신희현을 떠올렸다.

'오빠의 말이 맞았어.'

신희현이 말했었다. 언젠가 '쉐어러'가 주어질 수도 있다고. 지금이 됐든 나중이 됐든 언젠가는 보상으로 주어질 확률이 높다고 했다.

'이제…… 오빠한테 훨씬 도움이 될 수 있을 거야.'

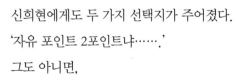

신희현에게도 두 가지 선택지가 주어졌다.

'자유 포인트 2포인트냐…….'

그도 아니면,

'강제 스킬 개화냐.'

잠시 고민했다. 자유 포인트는 굉장히 유용한 포인트다. 레벨에 투자하면 레벨을 올릴 수 있다.

스킬에 투자하면 스킬 레벨을 올릴 수 있다. 아이템에 투자하면 아이템을 강화할 수 있다.

그야말로 만능 포인트다. 그에 반해 강제 스킬 개화는 복불복이다. 평범한 경로를 통한 스킬 개화와는 약간 다른 성격을 가진다.

예를 들어, 레벨 50이 되면 소환수와 정신적 교감이 가능한 스킬이 생긴다.

지금은 어느 방향, 어떤 것을 공격하라고 구체적인 명령을 내린다. 하지만 레벨 50에, 각성할배를 통해 스킬 개화를 시키면 생각으로 명령만 내려도 된다. 그 스킬을 통해 소환자와 소환수는 강력한 팀워크를 발휘하게 된다.

그런데 강제 스킬 개화는 약간 다르다. 평범한 경로가 아니다. 어떤 스킬이 생길지 모른다.

생뚱맞은 스킬들도 있다. 신희현이 경험한 가장 황당한 스킬은 '주먹을 빨리 접었다 펴기' 스킬이었다. 쓸모가 전혀 없던 스킬. 황당하지만 조금 좋아 보였던 스킬은 '황금 똥을 싸는 스킬'이었다. 그 플레이어는 치질을 얻었지만 부자가 됐었다.

'어쨌든⋯⋯.'

어쨌거나 그런 특이한 경우를 제외하더라도 좋은 스킬이 생길 수도 있고 나쁜 스킬이 생길 수도 있다.

신희현은 결정을 내렸다.

'자유 포인트는 얻을 수 있는 방법들이 있어.'

물론 미래의 지식이 없다면 거의 불가능에 가까웠겠지만. 그의 입장에서는 로우 리스크 로우 리턴이라 할 수 있는 자유 포인트보다는 강제 스킬 개화가 더 마음에 들었다.

신희현이 중얼거렸다.

"인생은 한 방이지."

앞으로 노블레스 등급을 계속 일궈낼 건데, 너무 안전빵으로 가기에는 아깝지 않은가.

알림이 들려왔다.

[노블레스 등급 클리어 보상으로 '강제 스킬 개화'를 선택하셨습니다.]

[강제 스킬 개화가 진행됩니다.]

신희현의 가슴이 두근거렸다.

뭐랄까. 약간의 도박을 하는 기분이랄까, 복권에 당첨되길 기대하는 마음이랄까.

스킬 개화가 진행됐다. 엘렌도 침을 꿀꺽 삼켰다. 과연 어떤 것이 나올까.

신희현이 선택한 길이다. 그녀는 신희현의 결정을 신뢰했다. 뭔가 엄청난 것이 나올 거라 기대했다.

'과연⋯⋯.'

시간이 조금 흘렀다.

[강제 스킬 개화가 완료되었습니다.]
['정령 소환' 스킬이 생성되었습니다.]

신희현이 고개를 갸웃했다.

'정령 소환?'

절대 룰이라고 보기에는 어려웠지만, 보통의 경우 소환사는 한 가지 종류의 소환수를 부린다. 예를 들어, 사람 형태의 소환수를 소환했으면 그 이후에도 사람 형태의 소환수를 소환하는 게 일반적이다.

동물 형태의 소환수를 소환했으면 그 이후에도 동물 형태를 소환한다. 신희현의 경우는, 원래대로라면 '소환 영령'을 소환했을 가능성이 높았다.

[보상의 방이 소거됩니다.]

먼저 보상을 받았던 민영의 목소리가 들려왔다.

"오빠."

반가운 말을 했다.

"쉐어러가 주어졌어."

"진짜?"

좋다. 아주 좋다. 사실 크게 기대하지는 않았었는데, 쉐어러를 획득했다. 앞으로 대격변을 준비하는 그 과정에 청신호가 제대로 켜진 셈이다.

'남은 건.'

남은 건 이제 폭풍 레벨 업이다. 룰 브레이커와 쉐어러가 있다. 모든 게 다 좋다. 이제 하나 남았다.

'정령을 소환해 봐야겠어.'

우렁찬 목소리가 들려왔다.

"오셨습니까, 형님!"

신희현도 깜짝 놀랄 만큼 거대한 목소리였다. 공략의 방 가이드, 아놀드다.

"그동안 수많은 좆밥 새끼가 이곳을 이용했습니다! 아주 그냥 좆밥 새끼들입니다! 크하핫!"

신희현의 계략(?)이 성공했다. 공략 시스템을 이용하려면 공략의 방에 들어와야만 한다. '개척+1'의 효과로 인해 그게 가능해졌다. 그러니까 플레이어들은 좋든 싫든 공략의 방에 들어와야만 한다는 거다.

신희현은 공략의 마을로 들어가지는 않았다. 이곳에서 스킬을 사용하기로 했다.

'정령 소환.'

정령 소환 스킬을 사용했다. 맨 처음 루시아를 소환했을 때를 떠올렸다. 그때는 루시아가 나와서 깜짝 놀랐었다. 그때와 비슷한 알림이 들려왔다.

[정령을 소환합니다.]

[파트너: 엘렌을 확인합니다.]

[진명: 소환사를 확인합니다.]

시간이 제법 오래 걸렸다. 덕분에 확신할 수 있었다.

'좋은 거다……!'

보상이 크면 클수록 뭔가 좋은 것일수록 시간이 오래 걸린다. 지금 시간이 상당히 오래 걸리고 있다.

[플레이어의 신체 내에 거대한 잠재력을 확인합니다.]

['성웅의 증표+1'을 확인합니다.]

거기에 더해.

[앰플러스 네임: 빛의 성웅을 확인합니다.]
[임페리얼 노블레스 등급의 수호신을 확인합니다.]

많은 것이 복합적으로 작용했다.

[정령 소환 절차가 완료되었습니다!]

놀라운 알림이 이어졌다.

[바람의 정령왕 '칸드'가 소환되었습니다.]

공략의 방에 바람이 휘몰아치기 시작했다. 바람이 어찌나
세찬지 신희현조차도 몸을 가누기 힘들 정도였다. '어어, 어
어, 어어' 하는 사이 신희현은 중심을 잃고 넘어졌다.
"으어어어억!"
2미터가 넘는 덩치 아놀드가 빙글빙글 돌며 허공을 날
아다녔다. 아놀드가 비명인지 환호인지 모를 괴상한 목소리

로 외쳐 댔다.

"돕니다! 세상이 돌고 있습니다, 형니이이임!"

영체 상태의 엘렌이 소리쳤다.

"플레이어에게 위해를 가하다니, 무슨 짓입니까!"

중심을 잃었던 신희현은 이내 바닥에 납작 엎드렸다. 세찬 바람에는 이렇게 저항하는 것이 가장 좋다. 지금 당장 그가 취할 수 있는 행동은 이것밖에 없었다.

'소환수 주제에…….'

수호신과 마찬가지로 소환수 역시 주인에게 무조건 우호적인 건 아니다. 소환수의 경우 수호신보다 덜 하기는 했지만 여전히 말 안 듣는 소환수도 존재한다.

그런데 신희현은 한 가지를 놓치지 않았다.

'정령왕?'

내가 아는 그 정령왕?

신희현의 팔뚝에 소름이 돋았다. 그는 정령왕을 이미 알고 있었다.

'민영이랑…… 치고받고 싸웠던 그…….'

과거 소환사는 딱히 각광받는 클래스가 아니었다. 그런데 소환사 중에 아주 잠깐이지만 이름을 날렸던 소환사가 있었다. 불의 법관 강민영을 PVP로 꺾었을 뿐만 아니라 아탄티아 던전에서 대활약을 했었다가 이후 돌연 모습을 감췄었다.

그는 불의 정령왕 '페딕스'를 소환하여 부렸던 소환사였었다. 정령왕이라면 그 페딕스와 동급이라는 소리 아닌가.

목소리가 들려왔다.

-네놈이 나를 소환한 거냐?

모습은 보이지 않았다. 신희현이 TIP 알림음을 활성화했다. 바람의 정령왕 칸드의 레벨을 확인할 수 있었다. 레벨이 무려 822였다.

'이건 도대체……'

레벨이 무려 822라니. 172의 루시아만 해도 놀랐는데, 뭔놈의 레벨이 800을 넘는단 말인가.

그때 신희현은 깨달았다. 불의 정령왕 페딕스를 소환했던 소환사의 이름은 강동훈. 강동훈의 레벨은 정확하게 알려지지 않았다.

'강동훈의 레벨은……'

감이 왔다. 아탄티아 던전을 기점으로 강민영의 원래 레벨은 400 정도였었다. 플레이어들 중, 단연 톱클래스의 플레이어였었다.

강민영을 꺾은 플레이어. 그렇다면 레벨이 낮으면 380, 높으면 420이라는 소리다. 룰 브레이커를 가지고 있지 않았다는 가정하에.

'강동훈 역시 나와 비슷한 길을 걸었던 거다……! 고레벨 소환수를 부리는 특별한 소환사의…… 특전이라 할 수 있겠어.'

어떤 계기가 됐든 운 좋게 정령왕을 소환했고 신희현이 고레벨 소환 영령 루시아로 상위 레벨 몬스터를 사냥하는 방식과 같은 방식으로 빠른 레벨 업을 했을 가능성이 높다.

그랬다. 이제 알겠다. 그래서 강동훈이 정령왕을 소환 후 가파른 성장세를 보였던 거였다.

'불의 정령왕 역시 레벨 800이 넘었겠지.'

바람의 정령왕과 대충 비슷했을 것 같다는 생각이 들었다.

―대답해라. 너 따위가 감히 날 소환해? 무슨 조화를 부린 거냐?

엘렌이 다시 소리쳤다.

"당신은 정령왕이기 이전에 신희현 플레이어의 소환 정령입니다. 예의를 갖추시기 바랍니다!"

바람이 한곳으로 모이기 시작했다. 반투명한 사람의 형태를 갖췄다. 바람더러 나신이라고 말하면 조금 어폐가 있기는 했지만 에메랄드빛 바람으로 이루어진 그 남자는 반쯤 나체였다.

상의는 탈의한 상태, 하의는 고대 그리스에서 입었을 법한 천을 두르고 있었다.

"예의? 그딴 거 난 몰라. 난 어떻게 저런 애송이가 날 소환했는지, 그걸 알고 싶을 뿐이야. 감히 날 소환해? 그래 봤자 5분도 유지 못 할 텐데? 게다가 이 한심한 몸뚱이는 뭐야? 이게 나라고? 겨우 이게? 힘도 못 쓰네."

칸드는 억울한 듯했다. 신희현은 칸드가 분노하는 까닭을 알 수 있었다.

'놈의 레벨 역시 내 레벨로 제한되겠지.'

소환 시간도 무척 짧았다. 신희현의 레벨이 낮기 때문이다. 4분이 채 되지 않았다. 그때 쿵! 소리가 들려왔다. 아놀드가 두 발로 땅을 딛고 섰다. 저 거대한 덩치가 허공을 돌다가 떨어져 내렸으니 커다란 소리가 날 법했다.

그는 양발을 넓게 벌린 상태로 무릎을 살짝 구부리고 양팔을 앞으로 쭉 폈다.

"우옷, 착지 성! 공! 저는 유연합니다!"

그리고 아놀드는 씩씩댔다.

"저 좆밥 새끼는 무슨 좆밥 새끼입니까?"

그와 동시에 아놀드는 다시 날았다. '으아아아아! 납니다! 날아! 저는 빙글빙글 돌고 있습니다!'라는 소리만 남긴 채 그는 멀어졌다.

신희현이 말했다.

"네 짓이냐?"

'호오' 하고 칸드는 신희현을 쳐다봤다.

"내가 아놀드를 저렇게 날려 버렸냐고?"

칸드가 재미있다는 한 번 킥 웃더니 신희현을 쳐다봤다. 그리고 말했다.

"너…… 말이 짧다?"

에메랄드빛 바람이 점점 세차게 불기 시작했다.

"내 친히 네 혀를 잘라주겠다."

그때 신희현이 말했다.

"야, 죽고 싶냐?"

엘렌은 신희현을 쳐다봤다. 소환수에 대한 통제를 잃어버리면 소환수는 소환사를 죽일 수도 있다. 저런 망나니(?) 소환수라면 소환하지 않는 게 나았다. 여차하면 역소환을 하면 되기는 하지만 갑자기 '죽고 싶냐?'라니. 조금은 걱정이 됐다.

'신희현 플레이어……?'

그래도 신희현이다. 뭔가, 뭔가 방법이 있을 거라고 생각했다. 놀라운 일이 벌어졌다.

10장
매력적인 수컷

분명히 신희현의 목소리이기는 했다.

"야, 죽고 싶냐고. 코찔찔이였을 적부터 사고만 치고 다니더니."

"……."

엘렌은 신희현을 물끄러미 쳐다봤다. 그런데, 신희현이 신희현 같지가 않았다. 칸드가 화들짝 놀랐다.

"서, 설마……."

에메랄드빛 바람이 잦아들었다.

"내가 시간이 없어서 말은 오래 못 하는데, 입 조심해라. 네 혀를 내가 잘라 버리는 수가 있다."

"……누님?"

"누님은 누가 누님이야! 누나라 하랬잖아!"

착지를 제대로 못한 듯 한쪽 다리를 절뚝거리면서 다가온 아놀드의 눈이 커졌다.

'이, 이럴 수가……!'

자신을 칼리움 격투장에서 꺼내준, 기회를 준 위대하신 형님이라고 생각했는데.

'저, 저 계집애 같은 말투와…….'

뭐랄까.

'누나라고 주장하시다니…….'

환상이 와장창 깨지는 기분이 들었다. 하지만 아놀드는 고개를 저었다.

'아닐 거야. 사정이 있으실 거다. 형님은 위대하시다.'

신희현이 말했다.

"쓸데도 없는 네 꼬추 잘라 버리기 전에 입 닥치고 말 들어라."

바람의 빛이 약간 붉게 변했다.

바람의 색깔이 변하는 것을 처음 보는 엘렌은 황당하다고 생각했다. 저 정령왕 칸드, 지금 굉장히 당황한 것 같다.

칸드가 볼멘소리를 했다.

"아니, 그래도 누나. 제가 이제 사회적인 체면과 지위가 있는데 그건 좀……."

"잘리고 싶다고? 내가 열 받으면 이놈 건강이고 뭐고 그냥 강림해 버리는 수가 있다."

칸드는 침을 꿀꺽 삼켰다. 그러면 큰일이다. 칸드에게는 세상에서 제일 무서워하는 여자가 두 명 있다. 그 두 명 중 한 명이 바로 라이나다. 나이 차이가 600살이 넘게 나면서 누나라고 부르기를 강조하는 저 무시무시한 여자 말이다.

"옛날처럼 한번 벽 보고 손들고 서 있고 싶냐?"

시간이 흘렀다.

"말 잘 들을게요."

그 말을 끝으로 신희현은 제정신을 찾았다.

뭐가 어떻게 된 거지.

주위를 둘러봤다. 잠시 정신을 잃은 것 같았다. 바람의 정령왕 칸드 역시 역소환됐다. 레벨이 낮아서 오래 소환하기는 힘들었던 모양이다.

"엘렌, 내게 무슨 일이 있었지?"

그러다가 아놀드와 눈이 마주쳤다. 그런데 아놀드의 자세가 영 좋지 못했다.

"아놀드, 다쳤냐?"

"아, 아닙니다. 형님, 아니, 누님."

왜 저렇게 양 허벅지를 잔뜩 붙이고 있는지 모르겠다. 뭔가를 보호하고 있는 것 같은 그런 기분이었는데 누님은 또

뭐냐.

"응?"

엘렌이 말했다.

"제가 설명하겠습니다."

신희현은 고개를 끄덕였다.

'그렇게 된 거네.'

그도 완전히 처음 듣는 등급, 임페리얼 노블레스 등급의 수호신이 제 역할을 톡톡히 해줬다고밖에 표현할 길이 없었다.

평소에는 있는지조차 잊어버릴 정도지만 어쨌든 그녀가 자신의 수호신인 것은 틀림없는 것 같았다.

공략의 방에 들어가서 정령왕 칸드를 소환해 봤다. 능력도 확인했다. 칸드가 투덜거렸다.

"네놈의 능력이 너무 보잘것없어서 이 몸의 힘을 백분지 일도 끌어내지 못한다."

투덜거리면서도 은근히 신희현의 눈치를 살폈다. 또 라이나가 튀어나오면 어쩌나 하고 두려워했는데, 바람으로 이루어진 칸드 역시 허벅지를 잔뜩 붙이고 있었다.

아놀드와 비슷한 자세였다. 뭔가 필사의 의지가 담긴 것 같았다.

'내가 칸드를 소환할 수 있는 시간은…… 끽해야 4분.'

그마저도 칸드의 능력을 사용하면 그 시간은 더 짧게 줄어들었다.

'오케이.'

확인을 완료했다.

신희현은 수련의 방과 관련한 퀘스트 공략도 공유했다. 공략의 방은 점점 더 많은 플레이어가 모이는 곳이 됐다. 공략 시스템을 활용하고, 뿐만 아니라 그곳에서 커뮤니티를 만들어 활동하는 등 그곳은 요충지로 발전하기 시작했다.

그사이 신희현은 마력석과 황금을 뒤바꾸는 작업을 함과 동시에 사람들에게 있어서 비밀스럽고 신비한 영웅 같은 이미지를 확립할 수 있었다.

가끔씩 그도 의도하지 않았던 때에 성웅의 조건을 만족했으며 성웅의 증표에 긍정적인 영향을 끼친다는 알림을 듣는 것으로 보아 분명히 효과는 있었다.

차근차근 계획대로 흘러갔다.

'일단은 레벨 50이 목표.'

강민영도 진명 각성에 성공했다. 각성할배는 신희현을 보며 또다시 놀라워했다.

저번에는 신희현의 몸 안에 내재되어 있는 엄청난 힘에 놀라더니 이번에는 강민영의 외모에 놀랐다.

"흠흠. 부, 부럽구만."

엘렌과 강민영, 둘 다 각성할배의 눈으로 보면 너무나 아름다웠다.

"좋을 때야."

"예?"

"너무너무 부럽구만. 자네는 정말…… 너무나 멋진 삶을 살고 있어."

이후 신희현은 수련 사제에게서 또 극진한 예우를 받았다. 엘렌이 생각하기에 신희현이 가장 못하는 건 바로 사극 톤의 연기였다. 다른 건 정말 다 잘하는데 저런 연기에는 젬병이었다.

"그대는 고개를 들라!"

강민영이 신희현을 올려다봤다.

저 오빠 목소리가 갑자기 왜 저러지.

"그대가 내게 또 그렇게 예를 취하면 내가 불편해지는 것을 모르겠는가! 나를 어디까지 불편하게 만들 생각이란 말인가. 나는 미천한 몸이니 그대는 이제 예를 거두라."

강민영이 보기에도 신희현의 말투는 어색하기 그지없었다.

'섹시해······!'

날개 끝이 조금 구부러진 엘렌은 강민영을 이해할 수 없었다.

왜 저렇게 눈을 빛내고 있는 거지.

엘렌은 느꼈다. 저건 분명 호감의 눈빛이다. 사귀는 사이라면 저런 어색함마저도 귀엽고 사랑스럽게 보이는 것이란 말인가. 혼란스러웠다.

"······."

어쨌든 강민영은 스킬을 선택할 수 있었다.

"네가 원하는 것으로, 네가 육성하고 싶은 방향으로 선택해."

강민영은 신희현과 다른 케이스다. 천부적인 재능을 갖고 있다. 사실, 신희현은 강민영이 어떤 방식으로 자신을 육성하고 키웠었는지에 대해서 정확하게는 잘 모른다. 그는 그녀의 선택을 믿기로 했다.

"나는 불 바람을 배울래."

무언가를 해결하는 것에는 '가장 효율적인 방법'이 존재하게 마련이다. 가령 F급 던전 내의 좀비들은 잡아봐야 경험치를 많이 주지 않기 때문에 잡지 않았다.

그런데 반대의 경우도 있다. 적은 노력으로 경험치를 많이 얻을 수 있는 방법도 있다.

수련의 방 마헌에게서 '미끌미끌 기름'을 구입했다. 신희현이 말했다.

"풀개를 잡을 거야."

'풀개'는 개의 형태를 한 몬스터다. 털이 풀이다. 화염계 마법에 매우 취약한 개체이며, 무리생활을 한다.

게다가 무리 중 한 마리가 공격을 당하면 무리 전체가 죽음을 불사하고 달려드는 놈들이기도 하다. 의리가 매우 좋은 놈들이다.

"아무리 효율을 노린다 하더라도…… 노가다는 필요한 법이거든."

이제 필요한 건 노가다다. 적어도 레벨 50이 될 때까지는 노가다를 해야만 했다. 레벨 50이 기점이다.

신희현은 엘렌과 루시아, 험머에게 삽을 쥐어줬다. 그 세 명이 신희현을 쳐다봤다. '이걸로 뭘 어떻게 하라는 겁니까?' 라는 눈빛이다.

"이제 파."

"신희현 플레이어, 이해가 잘 되지 않습니다."

"땅 파. 함정 만들 거야."

그동안 그는 잠시 강민영과 놀기로 했다. 착한 강민영이 두 팔을 걷어붙이고 나섰다.

"오빠, 나 삽질 잘해."

"아냐, 작업할 때 세 명이 초과되면 괜히 더 불편해. 공간도 좁고."

루시아는 전혀 불평하지 않았다.

"임무를 맡겨주셔서 감사합니다, 오빠."

굳이 오빠를 꼬박꼬박 붙였다. 엘렌의 날개가 파르르 떨렸다. 저번에는 짐꾼 취급이더니 이번에는 삽질을 하라니.

험머는 원래 불만이 가득한 표정이었지만 루시아와 눈이 마주치더니 이내 가장 열정적인 태도로 삽질을 하기 시작했다.

"으랏차, 저는 삽질의 달인입니다요."

신희현이 말했다.

"쉐어러의 작동 시간은 얼마나 돼?"

"3분!"

쉐어러는 상대의 아이템을 카피하는 능력을 가진 성장형 아이템이다. 그 어떤 아이템이라도 카피할 수 있다고 알려져 있다. 다만, 사용 시간이 제한되어 있었다. 지금은 3분이란다. 신희현은 룰 브레이커를 카피하게 했다.

'3분이면 충분하겠지.'

불 바람을 배웠다. 광역기다.

'빨리 레벨 50이 되어야 할 텐데.'

루시아의 능력이 뛰어나지 못한 건 아니지만, 그래도 신희현의 의도대로 콤보를 먹이기에는 불편한 감이 있다.

깊이 약 5미터, 반경 약 2미터 정도 되는 구덩이가 생겼다. 험머는 땅바닥에 드러누웠다.

내 파트너 인생이 이리도 고달픈 것이란 말입니까요.

울고 싶어졌다. 아무리 뒤져 봐도 파트너에게 삽질을 시키는 플레이어는 없었다.

"좋았어."

본격적인 작업에 들어갔다. 험머를 구덩이 뒤에 세웠다. 일종의 미끼다. 험머는 또 울고 싶어졌다. 도망치고 싶었다.

"루시아, 따라와."

강민영과 엘렌을 대기시킨 채 루시아와 함께 걸음을 옮겼다.

적당한 거리. 루시아가 놈들을 공격할 수 있고, 또 구덩이 뒤로 도망칠 수 있을 정도의 거리.

"공격해."

한 마리만 맞아도 달려드는 놈들이다. 공격과 동시에 뛰라고 이미 명령을 내려놨다.

탕!

소리와 함께.

"뛰어!"

신희현과 루시아가 도망쳤다. 루시아의 발포 소리는 놈들을 제대로 자극했다. 어그로를 제대로 끌었다는 소리다.

컹! 컹!

풀개들이 풀을 휘날리며 달려들었다.

'미친 듯이 쫓아오는군.'

루시아에게 미리 실험을 시켜봤다. 루시아는 그 신체 능력을 바탕으로 반경 2미터, 그러니까 직경 4미터를 뛰어 넘을 수 있었다. 루시아가 저놈들을 유인할 거다.

신희현은 대기하고 있던 엘렌에게 안겼다. 날개가 뒤에 있어서 뒤로 업히지는 못했다. 엘렌에게 찰싹 달라붙었다. 힘겹게, 힘겹게 엘렌이 하늘로 날아올랐다. 3미터만 오르면 된다. 풀개들은 그 이상은 공격하지 못한다. 포기한다. 루시아만 공격하게 될 거다.

험머가 눈물을 글썽거렸다.

"누님, 짠합니다요……."

저 플레이어 때문에 파트너들이 이 무슨 개고생이란 말인가. 저 신성하고 고결해 보이기만 하는 엘렌 누님이 저런 수모를 겪다니.

삽질에 이어 한 명은 미끼가 되고 한 명은 자기 체구보다 큰 남자를 안은 상태로 힘겹게 바들바들 떨면서 하늘로 오르고 있다.

"흑, 파트너의 인생은 고달픕니다요."

풀개들이 달려오는 게 보였다. 다리가 덜덜 떨렸다.

"영체화를 하고 싶습니다요."

신희현의 함정은 조악하기 그지없었다. 위장도 안 해놨다. 풀개들이 정말로 빠질 것인가 의심스러웠다.

"여, 영체화를 하겠습니다요!"

그리고 눈을 떴다.

컹! 컹! 컹!

풀개들이 저만치 아래―그래 봤자 5미터 아래―에서 위를 올려다보며 컹컹 짖어대고 있었다. 그 숫자가 약 7마리 정도 됐다.

신희현이 씨익 웃었다. 루시아를 역소환했다. 시간과 능력, 좀 더 구체적으로 말하자면 놈들의 리젠 시간, 칸드와의 능력 발현 시 소환 시간, 그리고 공략 가능 여부 등을 고려해서 이곳을 레벨 업 장소로 선택한 거다.

풀개의 레벨은 52다. 게다가 경험치도 많이 주는 몬스터다. 단체 생활을 하기 때문에 솔로 플레이로는 사냥하기가 힘든 놈들이다.

신희현이 풀개들을 향해 미끌미끌 기름을 뿌렸다. 코인을 아낌없이 소비했다. 그래도 된다. 왜냐하면 놈들은 '풀개 불알'이라는 아이템을 굉장히 높은 확률로 드랍하니까.

'그거 하나에 100만 원이지.'

부작용 없는 정력제로 쓰인다. 비아그라처럼 일회성도 아니다. 이러한 것들이 세상에 풀리는 게 얼마 남지 않았다.

비공식적인 루트를 통해 활성화될 거다. 현금으로 코인을 구입할 수 있게 될 거다. 2년 내에 세상은 변화를 맞이하게 될 테니까.

신희현이 말했다.

"민영아, 불 바람을 사용해."

강민영은 신희현에게 배운 대로 큰 목소리로 스킬명을 외쳤다.

"불 바람!"

컹! 컹!

풀개들이 아우성치기 시작했다.

'레벨은 낮아도.'

아무리 레벨이 낮아도 불의 법관은 불의 법관이다. 될성부른 나무는 떡잎부터 알아본다고 했다. 불의 법관은 전 세계에서도 손꼽히는 톱급의 스페셜 클래스다.

구덩이 안에 불길이 피어올랐다. 고기 타는 냄새가 나기 시작했다. 신희현도 소환을 준비했다.

"칸드 소환."

과거 모습을 본 적조차 없던—신희현이 예전에 경험했던 정령왕은 불의 정령왕이다— 바람의 정령왕 칸드가 저레벨 존인 수련의 방에서 모습을 드러냈다.

신희현이 명령을 내렸다.

"에이드 커튼."

알림이 들려왔다.

[정령왕 칸드, 명령을 이행합니다.]

[스킬, 에이드 커튼을 사용합니다.]

에이드 커튼. 현재 신희현이 활용할 수 있는, 칸드의 몇 안 되는 기술 중 하나다. 에메랄드빛 바람이 불어닥치기 시작했다. 폭풍이라고 보기에는 힘들었다. 가벼운 산들바람이 색깔을 머금고 날아드는 것 같았다.

험머가 뒷걸음질 쳤다.

"빠, 빨려 들어가는 것 같습니다요."

고오오—!

분명 바람이 불고 있는데 이상하게도 그 바람이 주위를 빨아들이는 것 같은 그런 기분이 들었다.

그와 동시에.

컹! 컹! 컹!

풀개들의 아우성이 거세지기 시작했다.

민영이 사용한 불 바람이 에이드 커튼의 힘을 입었다. 풀개들을 태우던 불길이 삽시간에 치솟아 올랐다. 고기 타는 냄새가 코끝을 찔렀다.

신희현 스스로도 놀랐다.

'대충 예상은 했지만 이 정도일 줄은……'

그는 불 바람에 대해서 안다. 불 바람 역시 초급 마법이다. 파이어 볼만큼 공통 마법 수준까지는 아니었지만 그래도 위력적인 마법이 아닌 것은 틀림없었다.

불 바람은 강력한 스킬이라기보다는 화염계 마법사가 처음 배우는 광역기라는 것에 그 의의가 있다고 말하는 사람들도 있을 정도다.

그런데 지금 신희현이 보는 불 바람은 불 바람이 아니었다.

'이건 마치……'

레벨 70은 넘어야 생기는 화염계 마법사들의 대표 광역기, '불 폭풍'을 보는 것 같았다.

일반 클래스의 마법사들도 불 폭풍을 구사한다. 그런데 불의 법관 스페셜 클래스를 가진 강민영의 불 폭풍은 일반 불 폭풍과는 달랐다. 그 규모와 위력이 일반계보다 훨씬 더 강했다.

'불 폭풍……?'

에이드 커튼을 사용할 수 있는 최저 레벨은 30이다. 그러니까 지금 레벨 25짜리 마법과 30짜리 마법이 합쳐져서 레벨 70 이상의 광역기 수준의 위력을 보이고 있다는 소리다.

민영이 입을 쩍 벌렸다.

"와……."

엘렌은 아무 말도 하지 않았지만 그녀 역시 적잖이 놀랐다. 정령왕. 대단한 존재라는 건 알았지만 이런 일을 해낼 줄은 몰랐다. 초급 광역 마법 불 바람을 이런 수준까지 끌어올리다니.

검은 연기가 피어올랐다.

'됐다.'

저 연기는 몬스터가 거의 다 타들어 갔음을 뜻하는 연기다. 허공에 둥둥 떠서 상황을 무심히 지켜보던 칸드는 아무래도 불만인 듯했다.

"젠장, 정말 쓰레기 같군."

자신의 볼을 꼬집었다.

"에잉, 심지어 볼 꼬집는 데도 힘이 안 들어가."

레벨 800이 넘는 칸드다. 그런데 신희현의 레벨 때문에 능력치에 제한을 받는다.

"약해빠졌어."

그러다가 신희현과 눈이 마주쳤다. 황급히 다리를 모으며 말했다.

"뭐, 그렇다고 불만은 아니……."

신희현이 역소환을 시켜 버렸다. 정령왕 칸드는 체력 소모가 너무 심하다. 소환한 상태로 오래 힘을 사용하면 지친다.

칸드가 사라졌다. 신희현은 루시아를 다시 소환했다. 불꽃도 사그라졌다. 구덩이 안의 가득 메우고 활활 불타던 불 바람이 없어지고 만신창이가 된 풀개들이 바닥에 널브러져 간신히 숨만 쉬고 있었다.

"루시아가 오빠를 뵙습니다."

"마무리해."

"명을 받듭니다."

좀 더 구체적으로 명령했다.

"한꺼번에 죽여."

대부분 죽어간다. 신희현은 일일이 타깃을 정해주고 공격 순서도 지정해 줬다. 민영에게도 마찬가지다.

"민영이 넌 가장 왼쪽 저놈. 그래, 저 혀 내밀고 헥헥대고 있는 저놈한테 파이어 볼을 날리면 돼. 그다음은 그 옆옆, 오른쪽 놈. 알겠지?"

민영은 천재답게(?) 신희현의 말을 한 번에 이해했다. 루시아와 강민영이 동시에 공격했다.

[상위 레벨 몬스터를 사냥했습니다.]

[20퍼센트의 추가 경험치가 주어집니다.]

[10초 내 7마리 사냥에 성공했습니다.]

[20퍼센트의 추가 경험치가 주어집니다.]

레벨이 올랐다는 알림까지도 들려왔다. 레벨 격차가 거의 20에 가깝게 나는 놈들을 한꺼번에 7마리나 사냥했다.

그리고 신희현은 구덩이 아래로 내려갔다.

"이거 드랍율이 거의 100프로에 육박하거든."

풀개 불알을 주워 들었다. 7개다. 잠깐 노가다 해서 레벨 업도 하고 700만 원도 벌었다. 쉐어러가 작동하는 3분 동안 이뤄진 일이니 3분급 700만 원인 셈이다.

······이때까지만 해도 700만 원일 줄 알았다.

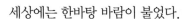

세상에는 한바탕 바람이 불었다.

"야, 그거 봤어?"

"뭐?"

"아, 그거. 플레이어인지 뭔지."

"에이, 그거 CG 영상이겠지."

유투브를 중심으로 하여 '던전'과 '방'의 풍경이 담긴 영상이 일파만파 퍼지기 시작했다. 처음에는 모두가 CG인 줄 알았다. 그러다가 이것들이 이슈화가 되자 영상 전문가들이 분석에 나섰다.

신희아가 말했다.

"오빠, 오빠도 이거 봤어?"

신희아의 손에는 핸드폰이 들려 있었다.

"아, 뭐야? 왜 그렇게 또 애틋한 눈으로 쳐다보냐? 왜 이렇게 요즘 착한 오빠 코스프레 하는 거야?"

신희현은 피식 웃었다. 동생 녀석. 말은 저렇게 해도 요즘 좀 달라졌다. 옛날의 관계와는 조금 달라졌다. 신희현은 신희아를 아낀다. 한 번 잃었던 동생이라 그 소중함을 더 잘 알기 때문이다.

신희아는 매일 몸서리치며 오빠 이상해를 외치지만 그래도 반응이 예전과 달랐다. 사소한 일이 있어도 신희현의 방으로 쪼르르 달려와 미주알고주알 털어놓았다.

말은 저렇게 퉁명스럽게 해도 결국 신희아 역시 신희현의 자상한 모습에 마음을 조금씩 열고 있다는 뜻이다.

"뭔데?"

신희현은 뭔지 알 것 같았다.

'시스템에 관한 얘기겠지.'

어차피 이건 예견된 일이다.

'물론, 여기서 까불면 안 돼.'

과거, 지금을 기점으로 하여 비공식 플레이어 연합 고구려가 결성되고 정부와 상당히 많은 마찰을 일으키게 된다. 현 시점에 있어서 플레이어는 약자다.

'플레이어는 힘이 없으니까.'

그들의 힘은 '방' 혹은 '던전'에서만 활성화된다. 특히나 전투 계열의 플레이어가 그렇다.

'방'과 '던전'에서 나오는 물품들은 현실에서 상당히 큰 도움이 된다. 당장 이번에 신희현이 얻게 된 '풀개 불알'만 하더라도 불티나게 팔릴 터. 그러나 플레이어들은 스스로를 지킬 힘이 별로 없다.

'고구려가 제 역할을 잘 해주겠지.'

정부는 플레이어들에게서 어떻게든 세수를 확보하고 이득을 취하려 할 거고, 플레이어들은 플레이어 나름대로 활동하게 될 거다.

"오빠, 그 빛의 성웅이라는 어떤 플레이어가 있는데 장난 아니래."

"……응?"

"이거 봐봐. 장난 아니지?"

신희현은 영상을 봤다. 유튜브에서 가장 핫한 영상이란다.

'이놈은…….'

빛의 성웅이라고 보여준 영상 속에는 어떤 플레이어 하나가 있었다. 검을 사용하는 플레이어였는데 스킬이 화려하기 짝이 없었다.

영상 속의 남자가 외쳤다.

[상단 돌려 베기!]

검을 든 그 남자가 몸을 회전시키며 검을 휘둘러 큰 뱀의 목을 깨끗하게 잘라내는 게 보였다. 겉으로 보기에는 엄청난 고수 같았다.

"빛의 성웅이래. 장난 아니야. 그 사람이 최고수래."

"아…… 그래?"

빛의 성웅 아니다. 저 얼굴, 기억에 없다. 별로 유명하지 않았다는 소리다. 척 보아하니 화려한 스킬을 바탕으로 방송을 하는 BJ 비슷한 사람 같았다.

그런 사람이 분명 있었다. 비플레이어들을 위하여 쇼를 제공하는, 일종의 간접 체험을 경험하게 해주고 돈을 버는 사람들. 잘나가는 BJ들은 한 달에 수천만 원씩 번다고 했다.

'벌써 그런 사람들이 나왔나?'

피식 웃었다. 빛의 성웅이란다. 제목을 살펴보니 위대하신 빛의 성웅 플레이 영상이란다. 황당해서 웃음밖에 안 나왔다.

"오빠, 플레이어라는 거 알았어?"

"나도 핸드폰 보고 뉴스도 보고 그런다. 당연히 알지."

영체화 상태의 엘렌은 말해주고 싶었다.

당신 오빠가 그 유명한 빛의 성웅입니다. 공략의 방과 공략 시스템을 활성화한 장본인. 많은 플레이어가 집중하고 있는 그 사람입니다.

"나도 그거 해보고 싶다."

신희현은 신희아를 쳐다봤다.

'너는…… 전투 클래스에 별로 소질이 없어.'

강민영은 천부적인 소질을 가졌다. 스페셜 클래스까지 얻었다. 애초에 출발선이 신희아와 다르다. 신희아는 열정만 뛰어난 공격형 플레이어였다. 그래서 대격변 때 죽었다.

신희현이 말했다.

"그 플레이어가 되는 방법, 나 알고 있는데."

"응? 오빠도 인터넷으로 봤어?"

"나도 플레이어거든."

"뭐라고?"

신희아가 벌떡 일어섰다. 호들갑을 떨었다.

"뭐야? 진짜 진짜 진짜로? 그걸 왜 이제야 말했어?"

"네가 안 물어봤잖아, 멍청한 동생아."

여태까지 말을 안 해준 이유는 별거 아니었다. 가만히 내버려 두면 얼마 뒤 신희아는 전투 클래스로 각성을 하게 될 거다. 그건 못 봐준다. 적성에 맞지도 않는 클래스를 플레이하게 내버려 둘 수는 없었다.

"나도 저렇게 칼 휘두르고 싶다."

"……그러냐?"

몇 시간 전 연락이 왔다. 최익현에게 의뢰했었다. 사람을 한 명 찾아 달라고. 그 사람의 이름은 김민성이다.

'미안한데…… 너는 비전투 클래스가 맞아. 그쪽에 훨씬 재능이 있어.'

열정만 뛰어난 전투 계열 플레이어. 말 그대로 파리 목숨이다. 그래서 떠올렸다. 신희아에게 가장 잘 맞는 클래스가 무엇인지. 판단을 내릴 수 있었다.

'김민성의 클래스라면…….'

그거라면 어쩌면 희아의 몸을 보전하는 것은 물론이고, 나아가 자신에게도 큰 도움이 될 수 있을 거라고 내다봤다. 물론 김민성만큼의 실력을 보유하게 될지는 잘 모르겠지만. 어쨌든 과거보다는 훨씬 나은 선택지가 될 터였다.

'미안하다.'

김민성에게 미안하지 않은 건 아니다. 그에게 악감정 같은 건 없다. 하지만 행동에 망설임은 없었다.

'나는…… 더한 짓이라도 얼마든지 할 수 있어.'

빛의 성웅이고 뭐고. 그런 건 별로 안중에 없다. 과정이 어쨌든 빛의 성웅이라는 인식만 심어주면 된다. 이 시스템의 맹점이다. 그리고 신희현은 스스로를 진짜 영웅이라고 생각해 본 적 없다.

신희현이 말했다.

"알려줄까?"

"어! 당연하지! 알려줘!"

"싫은데?"

김민성의 클래스를 빼앗아 오는 것 정도는 아무렇지도 않게 할 수 있다. 김민성에게는 미안한 일이지만 신희현에게는 김민성의 클래스가 필요했다.

신희아가 토라졌다.

"아씨, 진짜! 너무해. 알려준다고 하고 안 알려주는 게 제일 나빠."

신희현이 피식 웃었다.

"알려줄게. 근데 조금만 기다려."

신희현이 김민성을 찾았다. 김민성은 평범한 대학생이

었다. 레벨 디텍터를 사용해 봤다.

[레벨 ──]

아직 각성 전이다. 좋다.

신희현이 루시아의 등을 탁탁 두드렸다.

"루시아, 출동."

엘렌은 황당했다. 그래도 영웅인데 소환 영령을 저렇게 써먹어도 되나 싶다. 루시아는 신희현의 명령에 일절 토를 달지 않았다.

"저기요."

김민성이 루시아를 봤다. 입을 쩍 벌렸다. 이 학교에 이렇게 예쁜 외국인이 있었나. 머리카락이 강렬한 붉은색임에도 불구하고 전혀 어색하지 않았다. 오히려 고혹적이고 섹시하기까지 했다.

몸에 착 달라붙은 원피스를 입은 루시아는, 모델들이 총망라되어 있는 어느 유명한 패션 잡지에서 갓 튀어나온 것 같았다. 차갑고 도도해 보이는 표정마저도 아름답기 그지없었다.

평범한 대학생 김민성은 마치 유명 연예인을 본 것 같은 착각에 빠졌다. 할리우드 스타라든가.

"……예?"

"그쪽이 쓰시는 향수…… 저한테 파시면 안 될까요?"

"네?"

루시아가 김민성에게 가까이 다가갔다. 흡혈귀가 여자의 목을 깨무는 것처럼 루시아가 김민성의 목에 코를 가져다 댔다.

"냄새가 너무 좋아서요."

김민성은 침을 꿀꺽 삼켰다.

'진정하자. 진정하자. 진정하자.'

저 여자는 그냥 냄새에 끌렸을 뿐이다.

'햐, 향수. 내 향수 어디 있지?'

로드숍에서 3만 원 주고 구입한 향수다. 이 여자에게라면 그냥 공짜로 줘도 아깝지 않을 것 같았다.

"제가 비행기를 빨리 타야 해서요. 새 제품을 사러갈 시간이 없네요."

찬찬히 조금만 잘 생각해 보면 루시아의 말에는 어폐가 있다는 걸 알 수 있다. 루시아는 전혀 급해 보이지 않았으니까.

하지만 김민성의 머리는 이미.

'내 향수! 향수를 줘야 해.'

라고 생각했다. 루시아의 강력한 여성미(?) 앞에 김민성은 정신을 못 차렸다.

한편 루시아는 속으로 생각했다.

'한심한 놈.'

이 지구라는 곳에는 아주 한심한 놈들밖에 없었다. 주인님과 비교하면 아주 찌질한 놈들이다. 패기도 없고, 열정도 없고, 능력도 없다.

'오빠는 역시……'

역시 섹시했다. 다른 놈들과 비교해 보니 더욱 그랬다.

'너무나 매력적인 수컷이시다.'

어쨌든 루시아는 김민성의 손에 30만 원을 쥐어 줬다.

"아, 이, 이렇게 비싼 거 아닌데……"

필요한 걸 손에 넣은 루시아의 태도가 돌변했다.

"닥치고 집어넣어. 오빠의 호의를 무시하지 마라."

김민성은 고개를 갸웃했다. 뭐라고? 오빠의 호의? 무슨 말이란 말인가. 누나의 호의도 아니고. 혼란스러웠다. 그사이 루시아가 사라졌다.

"뭐…… 뭐였지……?"

한바탕 꿈이라도 꾼 것 같았다. 저 목소리, 얼굴, 언제 다시 한 번 볼 수 있을까. 심장이 두근거렸다. 아무래도 사랑에 빠진 것 같은 기분이다.

'다, 다시…… 볼 수 있을까……?'

한편, 루시아가 말했다.

"오빠, 가져왔습니다."

"잘했어."

루시아가 신희현을 빤히 쳐다봤다. 뭔가 요구하고 싶은 게 있는 것 같았다.

"왜?"

루시아가 대답했다.

"강민영 플레이어에게 잘했다고 칭찬하실 때면 머리를……."

루시아는 무표정한 얼굴과 성의 없는(?) 태도로 신희현의 팔을 잡고 들어 올렸다. 자신의 머리에 신희현의 팔을 올렸다. 그리고 그 팔에 머리를 비볐다.

"이렇게, 이렇게 해주시던데 말입니다."

"……응?"

뭔가, 그게 부러웠던 모양이다. 하여튼 김민성의 제휴 각성 아이템도 얻을 수 있었다.

향수를 쳐다봤다. 김민성의 옛 클래스가 떠올랐다. 이제 그게 신희아의 클래스가 될 거다. 2년 만에 죽음을 맞이했던 동생은 이제 엄청난 전력이 될 거다.

신희아의 방문을 두드렸다.

'네가 얻을 클래스는…….'

11장
천둥 같은 공격

'과거를 또 바꾸는 거네.'

신희현은 과거 미친개였던 강유석의 클래스를 빼앗았다. 그때는 일말의 자책도 없었다. 그놈은 다시 세상에 나타나는 것 자체가 재앙이다. 그놈 때문에 얼마나 많은 사람이 눈물을 흘렸던가.

'이런 것들이 어떤 영향을 끼치게 될까?'

알 수 없었다. 원래 죽었을 사람들이 살게 될 거고, 어쩌면 그로인해 원래 살아야 할 사람들이 죽을 수도 있다.

그런 것까지 너무 깊게 생각할 여유나 겨를은 없었다. 이제 그에게 남은 시간은 길어야 10년이다. 10년을 충분히 즐기되, 앞을 보고 달릴 거다.

신희아가 방문을 열었다. 요즘 입버릇처럼 하는 말이 있다.

"나도 전투 클래스 하고 싶당."

"전투 클래스가 멋있어 보이기는 하지."

그 가짜 빛의 성웅이 인기를 끌고 있는 모양이다. 그런데 또, 빛의 성웅이라 칭하는 플레이어가 대충 한 10명쯤 되다 보니 그 누구도 그들이 '진짜 빛의 성웅'이라고 생각하지는 않는 모양이었다.

'네 클래스는 프로텍터.'

제휴 각성을 통한 클래스. 이미 정해져 있다.

미안하지만 너는 전투 클래스가 아니야.

제휴 각성을 시켰다. 신희아가 불만인 듯, 불만 아닌 듯 웃으면서 말했다.

"에이…… 나도 빛의 성웅님처럼 뭔가 막 팍! 하고 팍! 하고 휙! 하고 휘익! 하는 클래스면 좋을 뻔했는데."

신희아의 클래스는 프로텍터. 직접 전투 클래스가 아니다. 플레이어 혹은 자신에게 보호막을 걸어주는 희귀한 능력을 가졌다. 그냥 희귀한 게 아니다.

"그거 엄청 좋은 클래스야."

나중에는 고구려의 중추이자 던전 공략 플레이어들이 1순위로 원하는 극강의 보조 플레이어가 될 수 있는 클래스다.

"좋은 거라고?"

그래, 그것도 엄청.

그 말은 삼키고 고개를 끄덕였다.

"오빠가 어떻게 알아?"

"내가 게임 하루 이틀 해보냐?"

"이건 게임 아니잖아."

그래, 게임 아니지.

"해보면 대충 게임이랑 비슷해."

현실이야. 게임 속에서 죽으면 정말로 죽는.

"하긴, 오빠 어릴 때 게임 엄청 해서 엄빠 속 엄청 썩였었지."

"그랬냐?"

"어, 내가 어릴 때 오빠 보면서 얼마나 한심하다고 생각했는데."

신희현이 피식 웃었다.

"그럼 지금은?"

"지, 지금?"

신희아는 순간 당황했다. 요즘 들어 느낀다. 이 오빠, 뭔가 믿음직스러워졌다. 정확하게 말로는 표현 못 하겠는데 진짜 '오빠' 같은 느낌이다. 듬직하고 믿음직스럽고. 뭔가 연장자의 여유가 느껴진다고나 할까.

목소리가 작아졌다.

"지, 지금도 여전히 한심하지……."

신희현이 킥 한 번 웃었다.

"네 기본 스킬 중에 실드라는 게 있을 거야."

"응."

"너는 스킬을 사용해서 레벨을 올리는 게 제일 빨라."

보조 클래스 중에는 직접 사냥보다 스킬 사용을 통해 레벨을 올리는 게 더 빠른 경우도 있다. 특히나 힐러의 경우 그랬다. 힐러는 상대를 많이 치료해 주면 많이 치료해 줄수록 레벨이 빨리 오른다. 프로텍터 역시 비슷했다.

며칠 후, 신희아는 감탄했다.

"오빠, 빛의 성웅님 진짜 대단한 것 같아."

"으, 응?"

"어떻게 이런 방법들을 생각해 냈지? 공략들 진짜 장난 아냐."

"……그러게."

"저런 초고수가 옆에 있으면 엄청 빠른 레벨 업을 할 수 있을 것 같은데."

"그렇지."

신희현은 하하 웃고 말았다.

"예전 같았으면 B등급 클리어조차도 못했대. 그 왜, 고구려라고…… 오빠 알지? 고구려."

"어, 알지. 요즘 유명하잖아. 플레이어들 사이에서는."

"그 고구려의 초고수인, 그 이름이 뭐더라…… 그 하여튼 그 뚱뚱하고 마른 그 두 명 콤비 있잖아. 김상목? 하여튼 그 사람들도 공략 없이는 C등급밖에 못 받았다고 하더라구."

"……."

원래는 그게 정상이다. 노블레스 등급은 물론이거니와 A등급 역시 받기 힘든 등급이다.

'플레이어들의 수준이 굉장히 빨리 높아지고 있다.'

신희현의 기준에서는 아직도 전부 햇병아리들이지만, 과거와 비교해서는 성장 속도가 비약적으로 빨라졌다고 할 수 있겠다.

'이 정도 성장세가 유지된다면…….'

그렇게 된다면.

'대격변이 왔을 때에 좀 더 유연하고 능동적으로 대처할 수 있겠지.'

그러면 피해도 많이 줄어들 거다.

"근데 오빠 요즘 엄청 빨빨거리고 돌아다니는 것 같은데."

신희아가 눈을 흘겼다.

"요즘 여친 생겼어? 가끔 오빠 들어오면 여자 향수 냄새도 나는 것 같고……."

여자 친구가 생긴 것 맞다. 하지만 그래서 돌아다니는 건 아니다. 던전이 나타날 곳들을 둘러보고 있는 거다.

물론, 강민영과 같이 다니기는 한다. 그리고 최익현을 통해 총과 총알 등도 구입하고 있고. 신희현은 신희현 나름대로 많은 준비를 하고 있다.

그리고 또.

'장사도 좀 하고.'

그간 노가다를 계속했다. 풀개 불알을 무려 70개나 획득했다. 부작용 없는 정력제. 이건 확실한 사업 아이템이다. 이게 안전한지, 안전하지 않은지에 대한 검증만 이루어지면 된다. 그러면 개당 100만 원에 팔릴 거다. 물론. 그렇게 예상을 했다는 거다. 그런 줄 알았는데, 그건 오산이었다.

"2억 4천만 원 입니다. 확인해 보십시오."

검증조차 이루어지기 전에 최익현이 현금으로 풀개 불알을 구입했다.

이후 풀개를 잡을 수 있는 플레이어가 많아지고 풀개 불알이 많이 풀리게 되면서 가격은 대략 100만 원 정도로 굳어지게 된다.

신희현은 씨익 웃었다.

'70개에 약 2억 원······.'

개당 약 300만 원에 사들였다는 소리다.

'300만 원이 넘는 가격에 팔 자신이 있다는 소리겠지.'

아직 풀개 불알이 많이 풀리기 전이다. 그래서 높은 가격이 책정된 것 같았다. 파는 거야 최익현이 알아서 할 문제고. 장막 건너편에서 최익현이 말했다.

"물건에 문제가 있으면…… 그 10배를 물어내든지……."

그도 아니면.

"목숨으로 갚아야 할 겁니다, 장기와 함께."

목숨으로 갚아야 할 수도 있다는 게 문제라면 문제였지만.

신희현은 풀개를 계속해서 잡았다. 레벨 업 재미도 쏠쏠하고 현금을 얻는 재미도 쏠쏠했다.

엘렌이 질문했다.

"신희현 플레이어."

"어?"

"플레이어께서는 물욕이 크지 않으신 것 같습니다."

엘렌이 파악한 바로는 그랬다. 저번에 이상한 물건, 바퀴가 달리고 빠르게 굴러가는 자동차라는 것을 구입할 때 7천만 원이라는 돈을 썼었다. 그 외에는 딱히 돈을 쓰지 않고 모으고 있기만 했다.

"그런데?"

"그런데 플레이어께서는 자금을 많이 비축하시는 것 같군요. 어째서입니까?"

지금은 자금을 비축할 때다.

"뛰는 노가다 위에 나는 현질 있는 법이거든."

노가다 없이 고수가 될 수는 없다. 하지만 현질은 그 노가다 시간을 획기적으로 낮춰주며 노가다의 품격을 한없이 드높여 준다.

"근데 지금은 너무 쪼렙 존이야."

던전도 겨우 F급밖에 활성화되지 않았다. 대격변이 올 때까지는 자금을 비축해 두는 게 좋았다.

"좋은 템들 나오면……."

신희현은 미래의 지식을 알고 있다. 자금이 있어야 좋은 아이템을 선점할 수 있다. 처음에는 가격이 보잘것없다가 그 값이 폭등하는 아이템도 있다.

"뭐, 하여튼 현질이 짱이거든."

약 한 달이 흘렀다. 신희현은 계속해서 노가다를 진행했다. 노가다 대상은 역시 풀개였다. 풀개의 레벨은 약 52 정도. 레벨 업 하기에는 안성맞춤인 몬스터였다. 돈도 많이 주고. 이후에는 가격이 떨어지더라도 지금은 일단 한 마리 잡으면 300만 원이 떨어지는 셈이다.

현재 신희현의 레벨 45, 강민영의 레벨 40.

신희현이 말했다.

"이건 민영이 네 몫이야."

신희현이 1억 원을 강민영에게 건넸다. 5만 원짜리 지폐다 보니 부피도 얼마 크지 않았다.

"세상에⋯⋯."

신희현의 기준에서 얼마 안 되는 돈이다. 지난 한 달간의 노가다로 약 30억 원 정도를 벌었다. 순전히 현금으로만. 소득으로 잡히지도 않는다. 세금도 내지 않는다는 소리다.

강민영의 얼굴이 하얗게 질렸다.

"오빠, 이건 너무 큰돈이야."

엘렌은 말해주고 싶었다.

그거, 신희현 플레이어가 번 돈에 비하면 티끌밖에 안 되는 돈입니다만.

심지어 마력석까지 사재기하고 있는 상황이다. 모르긴 몰라도 신희현이 그걸로 막대한 이득을 취할 거라는 것 정도는 이미 예상하고 있다.

"나 혼자서 사냥한 거 아니잖아. 사실 나는 이거보다 훨씬 많이 벌었어. 이 정도는 네 몫이야."

겨우 1억이다.

'불의 법관이 겨우 1억에 벌벌 떠는 걸 보니까 또 새롭네.'

당시 톱클래스의 플레이어였던 강민영이다. 그 강민영이

1억에 얼굴이 하얗게 질리는 걸 보면 참 귀엽다는 생각이 들었다.

"아니, 오빠 그래도 이건 너무······."

"정 그러면 아버님, 어머님 용돈으로 생각하든지."

"그, 그게 무슨 말이야. 말도 안 돼!"

신희현과 강민영의 경제관념이 너무 달랐다. 신희현에게 1억은 그냥, 심심하면 길거리에 던질 수도 있는 돈이다. 지금은 겨우 100억도 없지만 이후 그는 돈을 쓸어 담을 확신이 있었으니까. 일반 사람이 생각하는 천 원, 만 원. 딱 그 정도 느낌이다.

"그냥 용돈 맞는데······."

"오빠!"

강민영은 거의 울상을 지었다. 용돈이라니. 1억짜리 용돈이 어디 있단 말인가. 그걸 본 신희현이 남몰래 한숨을 쉬었다. 통이 작아진 불의 법관을 설득하는 것도 일이라면 일이었다.

"물론 내가 없었으면 풀개를 못 잡았을 거야. 하지만 나 역시 네가 없었으면 이렇게 수월하게 풀개를 잡지 못했을 거야. 너에게도 아이템에 대한 권리가 있어."

좋은 생각이 났다.

"최저 시급 정도로 생각하면 편하겠네. 그래, 최저 시급!"

"최저 시급……?"

신희현은, 한국의 모든 아르바이트생이 들으면 뒷목을 잡고 쓰러질 말을 아무렇지도 않게 했다. 최저 시급으로 한 달 동안 일해서 1억이라니. 말도 안 되는 소리이지 않은가.

강민영의 눈에 눈물이 글썽거렸다. 신희현의 기준에서는 정말로 별거 아닌 돈인데.

'오빠가 나를 위해서 엄청 무리하는 것이 틀림없어!'

강민영의 기준에서는 너무 큰돈이었다. 최저 시급 운운하는 것도 신희현이 자신에게 부담을 주지 않기 위해서라고 생각했다.

'나는…….'

강민영은 다음 날 바로 계좌를 하나 새로 만들었다. 신희현이 쥐어준 1억을 통장에 그대로 넣어놨다.

'나중에 오빠랑 써야지.'

그녀의 입장에서 이 1억은 너무 큰돈이다. 그래서 혼자 쓸 생각은 절대로 못 했다. 지금 생각하기에는 너무 이르기는 하지만 신희현과 만약에, 만약에라도 결혼을 하게 된다면. 그때 신희현과 함께 쓸 자금으로 남겨두기로 했다.

며칠이 더 지났다. 신희현의 레벨이 높으니만큼 레벨 업 속도가 강민영에 비해 더뎠다. 신희현의 레벨 50, 강민영의 레벨 47. 레벨 격차가 많이 줄어들었다. 험머는 매일매일 감탄했다. 상상을 초월하는 레벨 업 속도라고.

신희현이 씨익 웃었다.

'드디어.'

드디어 레벨 50이다. 이제부터는 사냥의 판도가 달라질 거다. 소환수와의 정신 유대 스킬이 있느냐, 없느냐에 따라서 사냥의 효율 자체가 달라질 테니까.

이제는 콤보도 마음대로 먹일 수 있을 테고 강민영&칸드 조합으로 대단위 몰이사냥까지도 할 수 있을 거다.

수련 사제를 찾았다.

"오오…… 존귀하신 분이시여."

언제나 그렇듯 수련 사제는 무릎을 꿇었다. 눈도 못 마주쳤다.

"지극히 높으신 분이시여."

역시 저분은 위대하신 분이었다. 벌써 레벨 50이라니. 어떻게 이렇게 빠른 레벨 업을 할 수 있단 말인가.

"그대는 고개를 들라. 내 그대에게 배울 것이 있나니."

엘렌의 날개 끝이 구부러졌다. 그녀는 이 시간이 너무 힘들다. 어색하고 오그라들어서 너무 창피했다.

수련 신전 내 수련의 방으로 이동됐다.

'스킬창 활성화.'

스킬을 배우려고 했다. 그러려고 했는데. 신희현은 전혀 예상하지 못했던 알림을 들었다.

[스킬, '교감'이 생성됩니다.]

그랬다. 정확한 명칭이 기억 안 났었는데 듣고 보니 이제 기억이 난다.

스킬의 이름은 교감이다. 별거 아닌 것 같아도 소환사와 소환수가 팀워크를 이루는 데 가장 중요한 스킬이라고 할 수 있다.

'드디어……!'

['교감'에 관한 자세한 설명을 원하시면 TIP 알림음을 활성화시키기 바랍니다.]

거기까진 예상대로였다. 그런데 전혀 예상하지 못했던 알림도 이어졌다.

[스킬, '영령 소환-2'가 생성됩니다.]

신희현은 고개를 번쩍 들었다.

뭐지.

'영령 소환?'

한 번 영령을 소환한 소환사는 보통 다음번에도 영령을 소환한다. 정령왕 칸드를 소환한 것은 스킬 강제 개화 때문에 생긴 번외 스킬이다. 그런 관점에서 살펴보자면.

'두 번째 영령이 레벨 50에 소환 가능한 거였나?'

아무래도 두 번째 영령 소환이 활성화되는 시점이 레벨 50이었던 것 같다.

'좋다……!'

소환수는 많으면 많을수록 좋다. 만약 쓸데없는 소환수가 나온다면 다시는 소환하지 않으면 그만이다. 좋은 소환수가 나오면 상황에 맞추어 잘 활용하면 된다. 소환사란 그런 거다. 상황에 맞추어 상황에 맞는 소환수를 부리는 클래스.

'여기서 바로 소환해 봐도 되겠지.'

루시아의 경우는 정상적인 경로를 통해 얻은 소환 영령이기 때문에 칸드와 비교하여 소환 시간이 훨씬 길었다. 마찬가지로 이번에 소환하는 영령 역시 소환 시간이 길 거라 예상했다.

"영령 소환."

정령왕 칸드를 소환할 때와 마찬가지로 각종 보정이 이루어졌다. 노블레스 등급 클리어 인정과 더불어 성웅의 증표, 그리고 앰플러스 네임이 확인된 결과.

"나를 초대해 주어 진심으로 감사를 드리는 바이오."

신희현이 소환 영령을 쳐다봤다. 신희현은 제자리에서 굳었다.

"네가……."

기억에 있는 얼굴이었다.

"나의 이름은 라비트요. 라비트라 불러주시면 고맙겠소."

라비트. 라비트였다. 신희현은 아래를 쳐다봤다. 키가 매우 작았다. 그럴 수밖에 없다. 사람이 아니니까.

'소환 영령은 사람만 소환되는 것이 아니었나? 라비트가…… 영령? 사람이라는 건가?'

기억에 있다. 통칭 라비트 대공. 스스로를 대공이라 칭하는 플레이어였었다. 적어도 사람들은 플레이어라고 알고 있었다. 그것도 아주 특별한 클래스의 플레이어 말이다.

"라비트…… 네가 소환 영령이었나?"

"그렇소만. 뭔가 잘못된 것이 있는 것이오?"

라비트가 검 끝으로 자신의 수염을 툭툭 건드렸다. 그의 검은 상당히 얇은 레이피어의 형태.

'쥐 형태의 플레이어, 라비트 대공이…… 소환 영령이었다?'

신희현과 직접적으로 맞닥뜨린 적은 거의 없었다.

'루시아도 그렇고, 라비트도 그렇고.'

그렇게 따지면 사실은 미친놈 강유석의 소환 영령들이었다는 소리였다.

'당시에는…… 신체를 변형시키는 형태의 플레이어라고 알려져 있었지.'

라비트는 지금 쥐의 형태를 하고 있다. 그것도 생쥐. 털이 제법 복슬복슬했으며 만화영화에 등장하는 쾌걸 조로나 쓸 법한 챙 모자를 썼다. 장화 신은 고양이가 신을 법한 스타일의 검은색 장화를 신었는데.

"지금 나의 신체 능력은 매우 뒤떨어지고 있는 상태요. 부디 나의 주인은 나를 훌륭하게 육성시켜 주면 좋겠소."

"라비트."

"왜 그러시오?"

"네 원래 직책이 대공인가?"

과거에는 대공이라 불렸으니까. 라비트가 세 갈래 수염을 만지작거렸다.

"오호, 이 대공의 광채는 주인의 눈에도 보이는가 보오. 고맙소. 나의 진가를 알아봐 주는 주인을 만나 영광이오. 비록 나의 나라는 몰락하였지만 내가 대공이었다는 사실은 영원토록 변하지 않을 것이오."

신희현은 TIP 알림을 활성화시켰다. 라비트의 레벨을 확인했다. 레벨이 194. 루시아보다도 더 높았다.

'미치겠군.'

좋다. 그것도 매우 좋다. 좋아서 미치겠다.

게다가 신희현은 라비트 대공에 대해서는 어느 정도 알고 있다. 민첩함을 바탕으로 하는 날카로운 검술을 구사한다.

몸집이 작은 만큼 재빠르고 은신에도 능하다. 당시 톱클래스의 플레이어였다.

'사용 가능한 스킬은……'

'일격필살'이 있었다. 일격필살. 역시 알고 있는 스킬이다.

신희현이 물었다.

"일격필살…… 가능한 거냐?"

"나의 모든 힘은 일격필살에서 시작하여 일격필살로 끝나오. 당연히 사용이 가능하오."

라비트는 특정 목표에게 은밀하고 빠르게 접근하여 상대의 급소를 정확하게 찔러 죽이는 '일격필살'로 유명했었다.

그것만 유명했었는데, 알고 보니 그 기술만 갈고닦는 스타일의 소환 영령인 것 같았다.

레벨이 높아지면 높아질수록 그 위력이 강력해지는 것은 두말할 필요도 없고.

'라비트의 힘을 확인해 보려면……'

그놈이 제격이다. 공격력은 강하지만 치명적인 약점을 가지고 있는 놈. 모든 능력치가 파괴력에 집중되어 있기 때문에 약점만 알고 있으면 공략하기가 매우 쉬운, 일격필살의 희생양이 되기 매우 쉬운 그놈 말이다.

수련의 방 몬스터 존, 암석 지대.

수련의 방 최고 난이도의 몬스터 존은 '릴 랜드'다. 평균적인 레벨이 높아서 그런 것이 아니다. 그곳에는 릴 랜드의 제왕 우르칸이 있다. 그래서 최고 난이도의 몬스터 존이라 분류된다.

그런데 평균적인 레벨만 따졌을 때 가장 위험한 몬스터 존을 꼽으라면 바로 이곳, '암석 지대'다.

엘렌이 말했다.

"오늘은 강민영 플레이어와 함께하지 않으시는군요."

풀개의 레벨에 거의 근접함에 따라 이제 레벨 업 속도가 많이 느려졌다. 그래서 엘렌도, 신희현이 다른 사냥을 하게 될 거라고 이미 예상은 했다. 그게 이곳, 암석 지대일 줄은 몰랐지만.

신희현이 고개를 끄덕였다.

"여긴 화염계 마법에 아주 강한 놈들이 몰려 있는 곳이거든. 일단 오늘은 나 혼자서 사냥할 거야."

신희현은 라비트를 소환했다. 이제는 굳이 육성으로 무언가를 설명할 필요가 없었다.

"교감."

스킬을 활성화했다.

[스킬, 교감이 활성화됩니다.]

신희현의 눈에 교감 활성화가 보였다. 정말로 눈에 보이는 게 아니다. 저절로 인식이 된다. 스킬 활성 시간은 180초. 3분이다.

신희현 기준 오른쪽에, 마치 RPG 게임을 할 때처럼 현재 활성화된 스킬 목록이 펼쳐졌다. 지금은 '교감'밖에 없지만.

180, 179, 178.

시간이 조금씩 줄어들었다.

"라비트, 주인께 인사드리오."

라비트가 고개를 끄덕였다.

"과연 나의 주인다운 배짱과 배포요. 나 라비트는 주인을 잘 만난 것 같군."

몬스터 존, 암석 지대에는 크게 두 가지 종류의 몬스터가 있다.

사막 전갈과 스토니아.

사막 전갈은 중형급으로 분류되는 몬스터로 그 크기가 약 2미터 정도에 이르는 거대한 전갈이다. 꼬리에 있는 독침과 가재 같은 집게발로 플레이어를 공격한다. 레벨은 약 60.

하지만 신희현이 항상 강조하는 '효율성'에는 한참 벗어난 놈이다. 딱딱한 껍질 때문에 공격하기가 어렵다. 놈을 잡는 가장 유용한 방법은 큰 파괴력을 지닌 딜러를 데려와 무작정 껍질을 두드려 패는 것인데, 그건 라비트가 선호하는 방법의 공격법은 아니었다.

따라서 지금 잡을 몬스터는 스토니아.

교감을 통해 신희현의 명령을 받은 라비트가 대답했다.

"알겠소. 저 요상한 전갈을 피하고 걸어 다니는 돌덩이의 양어깨를 찌른 뒤, 가슴팍의 저 구멍에 나의 이 검을 깊숙이 꽂아 넣겠소."

라비트가 달리기 시작했다. 평소에는 두 발로 걸어 다니는데 달릴 때에는 레이피어를 입에 물고 네 발로 달렸다.

'빠르다……!'

신희현이 놀랄 정도였다. 따지고 보면 놀라운 일도 아니다. 루시아의 경우도 수백 미터 거리에서 원하는 표적을 정확하게 맞힌다. 저격에 특화된 능력이다. 라비트는 기습에 특화된 능력을 갖고 있다. 기민한 움직임을 보이는 건 당연했다.

엘렌이 감탄했다.

"폭발적인…… 속도입니다."

일직선으로 달려간 라비트가.

"돌덩어리여, 나의 엄정한 검."

크기 약 3미터의 돌덩어리 몬스터, 스토니아의 몸을 타고 올라갔다.

"그 이름도 위대한 성스러운 나의 검."

그런데 이름이 조금 별로였다.

"내 정의의 검이 너를 용서하지 않겠다."

그 이름도 위대한 성스러운 검치고는 이름이 너무 허접하지 않은가. 하여튼 라비트는 순식간에 스토니아의 양쪽 어깨에 한 번씩 레이피어를 꽂아 넣었다.

그러자 스토니아의 한가운데 주먹만 한 크기의 구멍이 빛나기 시작했다.

"정의의 이름으로 널 심판한다."

생쥐 영령, 라비트가 높이 점프했다. 키는 130㎝도 안 되는 주제에 도약력은 2미터를 훨씬 뛰어넘는 듯했다.

[상위 레벨 몬스터, 스토니아 사냥에 성공했습니다.]

각종 보정이 이루어져 경험치가 인정됐다.

엘렌이 물었다.

"신희현 플레이어, 루시아는 소환하지 않는 것입니까?"

"할 거야."

신희현이 씨익 웃었다.

"근데, 스토니아의 몸뚱이는 원거리 공격에 강한 내성을 갖고 있거든?"

그건 어깨도 마찬가지다. 단, 가운데 구멍은 아니다. 빛이 나기 시작하는 그 순간부터는 치명적인 약점이 된다.

"루시아 소환."

루시아를 소환했다. 루시아와 라비트를 동시에 소환하자 소환 유지 가능 시간이 빠르게 줄어드는 것이 보였다.

'그래도…… 같이 운용하는 것이 빠른 레벨 업에 도움이 되겠지.'

일반적인 플레이어와는 완전히 다르다. 다를 수밖에 없다. 각종 보정을 받는다. 성웅의 증표로 인한 추가 경험치, 소환 영령 공헌도 100프로에 따른 추가 경험치, 거기에 상위 레벨 몬스터 사냥에 의한 추가 경험치까지.

애초에 다른 플레이어들은 레벨 50일 때 60짜리 몬스터를 못 잡는다.

교감의 활성화 시간을 다시 한 번 확인했다. 아직도 80초가 넘게 남았다. 루시아가 제자리에 엎드렸다.

"명을 받듭니다."

라비트가 움찔했다.

"자, 잠깐!"

황급히 이쪽을 향해 달려왔다.

"반갑소. 나의 이름은 라비트요. 직책은 대공. 자연과 검을 사랑하는 낭만적인 검객이오."

"……."

루시아는 대답하지 않았다. 솔직히 조금 신기한 듯했다. 생쥐가 이렇게 큰 것도 처음 보고 말까지 한다. 만약 신희현의 소환수가 아니었다면 '죽입니까?' 하고 물었을지도 모른다.

"주인, 주인의 생각은 잘 알겠소."

신희현이 교감을 통해 내린 명령은 간단했다. 라비트가 스토니아의 양쪽 어깨를 공략하고 그와 동시에 루시아가 스토니아의 구멍을 공격하는 것.

엘렌은 뭔가를 발견했다. 라비트의 털이 미세하게 떨리고 있었다.

"물론 나는 전우를 믿소. 주인이 이러한 명령을 내린 것은…… 전우의 실력이 뒷받침되고 있기 때문인 것도 알고 있소."

루시아가 턱으로 저쪽, 스토니아가 있는 쪽을 가리켰다. 평소 성격 같았으면 닥치고 가라라고 말했겠지만 신희현의 소환수라서 참았다.

라비트가 말을 더듬거렸다.

"무, 물론 나는 주인의 명령을 성실히 이행할 생각이 있소."

"라비트, 뛰어."

라비트가 레이피어를 입에 물었다. 수염이 파르르 떨렸다. 달리긴 달렸다. 그런데 엘렌이 보기에도 라비트의 속도가 맨 처음보다는 조금 느려졌다. 아니, 조금이 아니라 많이 느렸다.

라비트의 목소리가 바람결에 흩어졌다. 혼잣말인 듯했다.

"총이라는 물건은…… 맞으면 아픈 것이오?"

울상을 지었다.

"나, 나는 두렵지 않소."

스토니아의 양쪽 어깨에 레이피어를 찔러 넣었다. 자신만 만하게 말했다.

"나는 두려움이 없는 검……!"

탕!

거대한 소리가 들렸다. 루시아의 라이플이 스토니아의 가 슴, 빛이 나는 구멍을 정확하게 타격했다.

"어이쿠, 깜짝이야!"

라비트의 털이 바짝 섰다. 수염이 파르르 떨렸다.

"처, 천둥 같은 고, 공격이군. 머, 멋있소……! 무, 물론 두 렵지는 않소만."

12장
WILD B

신희현은 교감의 필요성을 느낄 수 있었다. 정말 편했다. 레벨 50부터가 진짜 시작인 것 같은 그런 기분이었다.

　라비트가 외쳤다.

"나의 정의의 검을 받아랏!"

　그와 동시에.

　탕!

　총성이 터져 나왔다. 그때마다 라비트의 털이 바짝바짝 곤두서고는 했지만 그래도 기본적으로 그는 루시아의 실력을 믿는 모양이었다.

　신희현은 피식 웃었다. 그래도 저 정도면 주인에 대한 복종심이 꽤 크다고 볼 수 있다.

인격이 있는 소환수다. 자기 뒤에서 무슨 짓을 하는지도 안다. 아무리 실력이 있는 동료라 할지라도 뒤에서 총을 쏘는데 앞에서 칼을 들고 움직이기란 쉬운 일이 아니다.

라비트가 검 끝으로 자신의 세 갈래 털을 쓰다듬듯 매만졌다.

"검객으로서의 자부심과 자존심이오. 동료를 믿지 못한다면 전쟁에 나설 자격이 없소."

엘렌은 발견했다. 라비트의 곤두서 있던 털이 어느 샌가 제자리를 찾았다. 꽤나 탐스러웠다. 복슬복슬한 털에는 윤기가 자르르 흘렀다.

"오, 그대도 나의 이 복스러운 털에 관심이 있나 보군."

자부심 가득한 목소리로.

"나, 라비트 대공은 이 부드러운 털이 최고의 자산이라고 생각하고 있소."

라고 허세를 부렸는데 어깨를 쭉 펴고 엣헴 하고 헛기침을 했다. 거기까지는 좋았다. 신희현도 라비트에 대해 굉장히 좋게 생각했다.

"그런데 내게 그 어떠한 보상도 없는 것이오?"

……응?

신희현은 고개를 갸웃했다. 보상이라니. 소환수가 소환사에게 보상을 요구할 줄은 몰랐다. 장난인가 싶었는데 표정이 진지했다.

'보상?'

라비트의 수염이 바르르 떨렸다.

"설마 주인은 아무런 보상도 생각하지 않았던 것이오?"

목소리의 톤은 변하지 않았다. 정중하기는 했다.

"나는 그 이름도 드높은 대공이자 긍지 높은 기사요. 나는 주인에게 충성을 다할 것이오. 주인도 내게 그에 걸맞은 대우를 해주면 좋겠소."

루시아가 라이플을 겨눴다.

"상관에게 무슨 건방진 태도냐."

"전우에게 무기를 겨누다니. 이 무슨 몰상식한 태도요!"

라비트가 갈무리했던 검을 뽑아 들었다.

"이 정도 근거리에서 나는 털끝 하나 다치지 않고 그대를 제압할 자신이 있소."

신희현이 한숨을 내쉬었다.

"까불지 마."

둘의 분위기가 심상치 않아서 둘 다 역소환해 버렸다. 잠시 생각에 빠졌다. 라비트 대공에 대한 정보를 떠올려 봤다. 직접적으로 마주한 적도 없고 그다지 접점이 없던 플레이어(?)였지만 그에 대한 소문은 꽤 많았다.

'아……!'

하나 생각이 났다. 생쥐의 모양으로 변하는 특수한 클래스의 플레이어였던 라비트는 치즈를 굉장히 좋아했다. 전투가 끝나면 꼭 양평 치즈를 꺼내서 맛있게 먹곤 했었다.

엘렌이 물었다.

"이곳에 라비트 대공이 만족할 만한 보상이 있는 것입니까?"

"어."

신희현은 장보기에 제법 익숙하다. 가족들을 전부 잃고 민영조차 잃고 나서는 혼자서 생활했었으니까.

"이 치즈는 대형 마트에밖에 없거든."

라비트는 상당히 대식가다. 양평 치즈 한 박스를 통째로 구매했다. 그래 봐야 몇만 원 되지도 않았다.

'아.'

잊고 있었다. 양평 치즈. 원래는 대형 마트에만 근근이 들어가는 일반 마트에서는 보기 힘든 치즈였다. 그런데 어느 샌가부터 대기업의 반열에 들어가게 된다.

'설마?'

설마 아니겠지 싶다가도 왠지.

'라비트 때문에 그렇게 큰 건가?'

어쩌면 라비트와 양평 치즈 사이에 어떤 연결 고리가 있지는 않을까 하는 생각이 아주 잠깐 들었다. 어쨌든 그건 중요한 게 아니었다. 집으로 돌아왔다.

"라비트 소환."

라비트는 아무래도 화가 난 것 같았다. 설명도 않고 자신을 역소환해 버린 것에 대해 불만을 가진 듯 보였다.

신희현이 먼저 선수 쳤다.

"내가 네 보상에 대해서 전혀 생각하지 않았을 리 없잖아."

라비트는 허리를 일자로 세웠다. 귀를 쫑긋 세웠다. 눈도 커졌다. 두 눈을 빠르게 깜빡이며 신희현을 쳐다봤다.

"그, 그런 것이오?"

모양새를 보아하니 엄청 미안해하고 있다. 엘렌은 기가 차서 저도 모르게 허 하고 헛웃음을 짓고 말았다.

'엄청나게 단순하다.'

저걸 저 종(?)의 특성이라고 해야 할지, 아니면 라비트의 특성이라고 해야 할지. 아무튼 대단히 단순했다.

레이피어를 꺼내서 가로로 들었다. 그리고 공손히 허리를 숙였다.

"미안하오. 내 생각이 너무 짧았소. 흥분하여 그만…… 그 천둥여자에게도 내 사과를 전해 주면 좋겠소."

신희현은 인벤토리에 넣어놨던 양평 치즈를 꺼냈다.

'먹히겠지?'

아마도 먹힐 거라고 생각했다. 라비트가 코를 벌렁거리기 시작했다. 꼬리가 바짝 섰다. 눈이 반짝반짝 빛나는 것 같았다.

"오, 오오……!"

침이 한줄기 흘러나왔는데 그걸 재빠르게 닦았다. 그러면서 눈동자를 굴리는 것이 마치 자신은 침을 흘린 적이 없다고 주장하는 것 같았다.

라비트는 치즈를 한입 베어 물었다.

"이럴 수가…… 이럴 수가…… 이럴 수가……!"

이번에는 침이 아니라 눈물이 흘러나왔다.

"이 세상에 이런 보물이 존재했던 것이오? 오오…… 이 얼마나 값진 보물이란 말인가……!"

참고로 한 팩에 1,500원짜리다.

"이, 이런 보물을 도대체 어디서 구한 것이오! 가히 천상의 진미라고 할 수 있소! 주인은 이 진귀한 것을 구하기 위해…… 엄청난 노력과 고생을 했을 것이 분명하오!"

엘렌은 말해주고 싶었다.

'마트에서 샀습니다만.'

라비트는 감동의 눈물을 흘렸다. 들어보니 이 진귀한 보물의 이름은 양평 치즈란다. 양평 치즈. 이것은 엄청난 보물이었다. 세상을 다 가진 것 같았다.

"주인에게 다시 한 번 충성을 맹세하겠소. 나 라비트 대공을 가지시오!"

아무래도 라비트는 신희아의 마음에 쏙 든 것 같았다.

"헐, 대박. 진짜. 짱 귀엽다!"

라비트의 털이 바짝 섰다.

"귀, 귀엽다니. 내겐 모독이오! 나는 그 이름도 유……."

신희아가 라비트를 안았다. 라비트가 코를 킁킁거렸다.

뭐지, 이 여자. 뭔가, 냄새가 좋다. 하지만 귀엽다니. 그건 모독이다.

"나는 대공이오. 내 사회적 지위와 체면이 있으니 귀엽다는 말은……."

"와, 털 짱 부드러워. 짱이야. 오빠, 얘 나 주면 안 돼?"

"이, 이봐. 내 말을 듣는 것이오……?"

라고 말을 했는데.

"허응……."

라비트는 저도 모르게 신음 소리 아닌 신음 소리를 내고 말았다. 신희아가 라비트의 등을 쓰다듬었기 때문이다.

라비트의 얼굴이 빨개졌다. 더 정확하게 말하자면 볼 주변의 털이 빨개졌다.

"그, 그곳은 영 좋지 못한 곳이오."

그 모습에 신희아는 완전히 반해 버렸다. 귀여워를 연발했다. 귀여워, 귀여워, 귀여워라고 호들갑을 떨었다.

그 말을 계속 들은 라비트는.

'뭔가…….'

기분이.

'나쁘지가…….'

모독은 모독인데.

'않은데……?'

나쁘지 않았다. 아니, 오히려 기분이 좋지 않은가. 귀여움을 받는다는 느낌. 이거 뭔가, 나쁘지 않았다. 모독 같지도 않았다. 저 소녀에게선 악의도 느껴지지 않았다. 게다가 털까지 부드럽다고 칭찬하지 않는가.

그냥 인정하기로 했다. 입이 헤 벌어졌다.

"흐음, 흐음. 좀 더 아래. 좀 더 아래요. 그렇지. 거기요."

신희아가 쓰다듬어 줄 때마다 라비트는 기분 좋은 표정을 지었다. 마치 온탕에 들어가서 사우나를 즐기는 것 같은, 그런 표정이었다.

신희현이 말했다.

"너 지금 레벨 몇이야?"

플레이어들의 레벨 업 속도가 과거보다 훨씬 빨랐다. 그건 빛의 성웅이 공략을 공개한 덕분이었다.

노블레스 등급 혹은 A등급 이상 클리어가 가능한 정보는 알려주지 않았지만 B나 C 정도 등급을 받는 정보는 많이 뿌렸다. 몬스터의 약점들도 공유했다. 덕분에 플레이어들은 훨씬 더 빠르게 성장했다.

신희아가 대답했다.

"나 지금 23!"

"꽤 빨리 올렸네?"

"응, 이거 레벨 업 속도가 엄청 빠른 편이래."

신희현도 고개를 끄덕였다. 아무래도 프로텍터 클래스는 레벨 업이 굉장히 빠른 클래스인 것 같았다.

"새로운 던전에 들어갈 거야."

"던전?"

아직까지는 던전이 단 한 개만 공개되어 있다. 하지만 이제는 달라질 거다. 점점 더 많은 던전이 생기게 될 거다.

대격변이 오기 전까지 던전이 약 12개 정도 생긴다. 그중. 이번에 생기는 던전은 반드시 클리어해야만 하는 던전이었다. 그것도 여러 번 말이다. 그는 그만의 방식으로 대격변을 준비하고 있다.

신희아는 신희현의 설명을 들었다.

"오, 오빠……."

신희아의 표정이 좋지 않았다.

"있잖아. 빛의 성웅님이 만든 공략집에 따르면…… F급 던전은 최소 6명 이상이 파티를 이루는 것이 좋다고 했어. 그것도 레벨 35 이상의 고수만."

신희아에게 있어서 빛의 성웅은 거의 신이었다. 정체가 제대로 알려져 있지 않은 최고수. 그 최고수의 공략이 말해줬다. 35 이상의 플레이어 6명이 파티를 이루고 공략하는 것이 좋다고. 신희아는 그 말을 맹신했다.

'게다가 오빠가 말하는 곳은…….'

심지어 신희현이 말하는 곳은 아직 공략도 없는 곳이다.

"그런 곳을 오빠랑, 나랑, 민영 언니랑, 강철이랑 이렇게 네 명에서 클리어하겠다고?"

소환수까지 포함하면 6명이겠지만.(신희아는 칸드의 존재를 모른다.)

엘렌은 말해주고 싶었다.

그 빛의 성웅이 바로 눈앞에 있는 당신 오빠입니다만.

신희현은 자신이 빛의 성웅임을 신희아에게도 알리지 않았다. 아직은 때가 아니다. 힘을 가지게 된 이후, 그때 말해도 늦지 않다. 자신이 빛의 성웅이라는 것을 아는 사람이 없는 게 좋다. 지금은 힘이 없으니까.

막말로 최용민이나 김상목이 자신의 정체를 알아차리게

되면.

'나는 저항할 힘이 없지.'

비록 비전투 클래스라 지금 당장 소환사로서의 힘을 꺼내
쓸 수 있다고는 하지만 그래 봤자 총알 한 방이면 저세상행
이다. 그럴 일은 없겠지만 납치라도 당해서 수갑이라도 차게
되면 빠져나올 수도 없다.

'지금은 때가 아냐.'

그냥 말했다.

"오빠를 좀 믿어라. 설마하니 오빠가 너 이상한 데 데리고
가겠냐?"

신희아는 걱정스런 표정을 지었다. 오빠를 못 믿는 건 아
니다. 요새 많이 듬직해지고 의젓해지기도 했다. 그렇지만 F
급 던전을 겨우 세 명에서 가겠다니.

"오빠 레벨이 몇인데?"

"나?"

지금 최고수라 알려진 플레이어들의 레벨이 대충 40 정도
된다. 아마 자신의 실력을 드러내지 않고 있는 플레이어들을
감안한다 하더라도 45를 넘는 플레이어는 없을 거다.

현재 신희현의 레벨은 53.

"대충 40 정도."

"……헉! 리얼?"

신희아는 깜짝 놀랐다. 오빠가 그렇게 고수였다니.

"그, 그래도 우리끼리는 무리 아닐까⋯⋯? 오빠, 다시 생각해 봐."

"오빠를 좀 믿어봐."

결국 신희아는 신희현에 설득에 넘어갔다.

'그래, 그래도 오빤데 나한테 이상한 걸 시키지는 않겠지'라고 생각했다.

그래서 이곳, 호수 공원으로 왔다. 호수 공원. 이곳에 두 번째 던전이 생긴다. 준비물을 다시 한 번 확인했다.

'총도 잘 챙겼고.'

총은 필수다. 비록 경험치나 아이템을 얻을 수는 없지만 목숨을 지켜줄 수 있다.

"오, 오빠. 진짜 괜찮은 거 맞지?"

그에 반해 신강철은 신났다. 겁이 없었다.

"오예!"

신희현이 피식 웃었다. 생각해 보니 이 조합, 이상에 가까운 조합이다.

근거리 딜러 라비트, 원거리 딜러 루시아, 광역 딜러 강민영, 힐러 신강철, 보조 신희아.

게다가 강민영과 신희아는 스페셜 중에서도 스페셜 클래스이며 강민영의 경우는 신희현과 레벨 차이도 그리 크지도 않다. 이 전력이면 충분했다.

'충분해.'

신희현의 귀에 알림이 들려왔다.

[F급 던전, 'Wild B'에 입성하시겠습니까? Y/N]

던전에 들어왔다. 신희아는 오빠를 믿었다. 그래도 오빠니까. 자신을 이상한 곳에 데려오지는 않을 거라는 믿음이 있었다. 세이프티 존까지는 그랬다.

그러나 그 믿음이 깨지는 데에는 오래 걸리지 않았다.

to be continued

Wi.
Boo

우지호 장편소설

빅 라이프

돈도 없고 인기도 없는 무명작가 하재건,
필사적으로 글을 써도
절망뿐인 인생에 빛은 보이지 않는데…….

어느 날,
그가 베푼 작은 선의가
누구도 믿지 못할 기적이 되어 찾아왔다!

'글을 쓰겠다고 처음 결심했던 때를
잊지 말게.'

무명작가의 인생 대반전!
지금 시작됩니다.